她们的秘密

The Secret Lives of Church Ladies

[美] 迪莎·菲利亚w 著
侯玥 译

广西师范大学出版社

致泰勒和佩顿，
以及每一位努力奔赴自由的你。

你要知道：我并未失去神的恩宠。

我纵身一跃
飞向自由。

——安塞尔·埃尔金斯,《夏娃自传》

目录
CONTENTS

- 001 欧拉
- 017 并非丹尼尔
- 025 亲爱的妹妹
- 053 桃子馅饼
- 099 雪
- 125 如何与物理学家相爱
- 151 雅亿
- 191 给已婚男士的行事指南
- 207 当埃迪·勒韦尔来时
- 233 致谢

EULA
欧拉

她 们 的 私 生 活

欧拉在两个镇子之外的克拉克斯维尔预订了一间套房。我带了些吃的。今年，我给自己准备了寿司，给她带了冷盘和土豆沙拉，都是些清淡的食物，但也足以果腹了。我还带了香槟。今年，和每年的会面一样，我们都当作最后一次见面，我带了三瓶安德烈起泡酒。

我还带了些活跃气氛的派对喇叭，以及迎接千禧年——2000年的庆祝眼镜。眼镜的两个镜片刚好组成了两个数字"0"。我们都听说，当迪克·克拉克在时代广场倒

她们的私生活

数出今年的最后一秒钟后,"千年虫"[1]将让我们置身断电断网的黑暗中。我并不在意,黑暗并不影响我喝安德烈起泡酒。

在安顿好一切后,欧拉开始吃土豆沙拉和冷盘。她对食物很讲究,事实上,她对大部分事情都很认真。她就是这么一个认真生活的人。和我一样,她也是一名教师,所以我们都很关注细节。当然,与我相比,在这方面欧拉有过之而无不及。即使如此,她也不会发现其实我是从大众超级市场里买的土豆沙拉,只是我又加了一些切碎的煮鸡蛋、芥末、泡菜和辣椒粉,然后把食材放在了我的红色特百惠碗里。她吃了几口,拍拍肚子,说我做的沙拉味道比之前的更好。

在吃完饭,喝完一瓶安德烈起泡酒后,我们一同去冲了个澡。我们都喜欢用滚烫的水淋浴,热水的高温让我感到很放松,但我感觉对欧拉而言,热水澡更是有着别样的

---

[1] 千年虫,又叫作"计算机2000年问题",缩写为"Y2K"。是指某些使用了计算机程序的智能系统进行(或涉及)跨世纪的日期处理运算时,就会出现错误的结果,进而引发各种各样的系统功能紊乱甚至崩溃。——编者注(若无特殊说明,本书脚注均为编者注。)

EULA 欧拉

魔力。在我冲完澡后,欧拉在花洒下又待了很久。透过热气腾腾的淋浴门,我看到她戴着粉色的浴帽,低着头。我在想,她是否在请求上帝的宽恕,毕竟我们放弃了他的恩宠,而她依旧在等待他的庇佑。

十年前,当我和欧拉三十岁时,我们就已经当了半辈子好朋友了。我们相识于十年级,是我们英语优等班里仅有的两个黑人女孩。那年,欧拉还是名新生。她和家人从北卡罗来纳州搬来。她需要一个朋友,我也一样。我们都爱做白日梦,在数学笔记本的页边留白处计划着我们在夏威夷举办的双重婚礼。我们的丈夫会像我们的父亲一样是铁路工人,我们会在高中教书,加入教堂的妇女联合会,并成为彼此的邻居,我们的孩子也会成为彼此的玩伴。

然而,到了我们三十岁那天,除了都在高中任教,并在妇女联合会服务,其他的梦想都没能实现。我们在欧拉

她们的私生活

的公寓里喝了很多酒,庆祝了她的生日。最后她躺在我的大腿上,她的裙子都卷在了腰间。我看到她粗壮的棕色大腿间的白色棉质内裤。她闻起来是香草的味道。

"你有没有感觉自己随时都会爆发?"她问我,她的呼吸在我脸上散发着果香和热气。

我没有回答,我害怕我的诚实会吓跑欧拉。幸好她一直在说话,哀求我的抚摸,她说从来没有人那样触碰她。她说她是个好女孩。我明白。十几岁的时候,当男孩们粗鲁地提出性邀约时,欧拉并没有像我那样吓得溜回父母的庇护之下,她先是好奇,继而是失望。在成年后,她也没有和我一样与那些连名字都不值一提的男人有过露水情缘。欧拉坚持祈祷,就像《圣经》中的路得一样,等待她的波阿斯。

欧拉是一个真正的信徒。她不会像我一样,成日带着种种疑问生活。

但那天晚上,她忘却了波阿斯,我们大汗淋漓,彻夜未眠。第二天早上,欧拉用沉默和咖啡压制了自己的悔意。

EULA　欧拉

　　大约一个月后的新年前夜,欧拉打电话说她在克拉克斯维尔订了间套房。我带了白比萨和三瓶阿斯蒂起泡酒过去。

　　又过了一年,欧拉生日那天,我在家中为我俩准备了一顿特别的晚餐。我去艾弗里的鱼市采购了做秋葵汤要用的所有食材,这是她最爱的一道菜。欧拉喜欢我奶奶宝琳做的秋葵汤,但她不喜欢里面的秋葵,所以我也不会在秋葵汤里放秋葵。在欧拉生日的前一天晚上,我提前准备好了汤。因为奶奶总说在冰箱里放置一夜的秋葵汤味道更好。

　　制作秋葵汤需要搅拌面粉糊,这是我最不喜欢的步骤,因为很考验耐心。当我在拌面粉糊时,欧拉打电话来问我明晚的安排。里斯——我们单身人士《圣经》学习班的一名律师——想带她出去过生日。他们交往才不过六个月。她说这是一个惊喜。她语无伦次——哦,卡罗莱塔,我想——

她们的私生活

我想也许他会求婚……而我只是不停地搅动面粉糊。

"你能理解的,对吧?"欧拉问道。

"当然。"我尝试说些欧拉爱听的,把我此刻的苦涩和受伤咽回肚子里。但我做不到,不过这也无关紧要,欧拉依旧喋喋不休,她猜想着里斯怎么能猜到她的戒指尺寸,以及当他求婚时她应该怎么说才能表现得惊讶一些。

结果,那天晚上的进展的确超出欧拉和里斯的意料。两人在屋顶餐厅的浪漫晚餐(最初的惊喜)被里斯的妻子打断了,他和妻子当时尚处于分居状态。

后来,当欧拉打电话告诉我那天晚上发生了什么事时,她的愤怒几乎要沿着电话线蹿出来。我坐在床上,一边听着她的抱怨,一边喝着我的第二碗秋葵汤——另一个女人的丈夫在我旁边轻轻地打着鼾。

随着时间的推移,欧拉又认识了其他的里斯或别的男人,但她总是挑剔他们太老或太年轻,太穷或太愚蠢。而这些男人,一旦意识到自己无法哄骗或强迫她和他们上床,也会离开她。如今,欧拉身边像里斯一样体面的男人越来越少,他们也越来越不像波阿斯了。

EULA 欧拉

有时，我会想，欧拉是否对所有男人都如此挑剔，因为潜意识里，她不喜欢任何一个男人，她只是在迎合人们对她的期望。

但我和欧拉从不讨论这些事。

洗完澡后，欧拉穿上一件白色T恤和白色棉质内裤。她躺倒在两米大床上，飘浮在洁白的床单、丰满的枕头和波涛汹涌的被子上。她的头上包着一条粉色的丝巾。她直接对着第二瓶安德烈起泡酒的瓶口，喝了一大口。

"你想喝一口吗？"她把瓶子递给我。

我从床脚爬到她身边。当我与她并排而坐时，她把酒瓶举到我嘴边，然后把酒倒在我的睡衣的前襟上，咯咯笑起来。"让我来帮你清理一下。"她说。她把瓶子放到床头柜上，将我推向枕头。她跨坐在我身上，吻遍我身上所有沾到香槟的地方。

她们的私生活

一个多小时后，我醉醺醺地醒来。欧拉已经起床了，她喝着最后一瓶酒。电视开着，但被她调成了静音模式。即使如此，我还是看出迪克·克拉克正在介绍一个去年年初一炮而红的白人小女孩，她有着一头标志性的五颜六色的头发。我不记得那个孩子的名字了，但这不重要。她的唱跳能力都差得使人不忍直视。

"新的一年，我要下一个决心。"欧拉半闭着眼睛说，"如果明年情人节我还是孤身一人，那将是我最后一个单身的情人节，我一定要找一个属于我且只属于我的男人。"

"这可真是一个相当大的决心呢。"我说着，伸手去够酒瓶。她说自己是"孤身一人"，这话所带来的刺痛并没有像往常一样迅速消失。"你打算怎么做？"

"就像牧师说的：主无法引导一辆停着的汽车。我需要让自己处于可以认识新朋友的状态，并在生活中为我的丈夫留有一席之地。"

"这意味着？"

"首先，我在学习《圣经》方面一直懈怠。如果我想找一个敬虔的男人，我必须经常去教堂。"

"你就是在《圣经》学习班遇到的里斯。"

欧拉翻了个白眼。"我要把我的房子重新装修一番，"她继续说，"我家里没有为男人准备的空间，我需要为我未来的丈夫腾出一些位置。"

"这听起来有点像风水。"

"风什么？"

"算了。"欧拉在忙着履行自己的这些求偶计划的时候，我该做什么呢？偶尔招呼我那些已婚的男友？在没有她的情况下度过下一个新年前夜？我也想要寻求改变，但我没有计划。

"我要加入教堂的单身人士垒球队。"欧拉说。

"你根本不喜欢运动。"我笑了。

"你尽管笑吧。"欧拉挪了挪背后靠着的枕头，"但你也需要参加一些类似的活动，卡罗莱塔。你难道不想家中有人相伴？不想有人陪你共度一生？你不想要快乐吗？"

她们的私生活

我看着欧拉,她停留在我双腿间的时候,她那不再光亮的小鬈发被打湿了。当我想到她对我的发问时,某种既残酷又怜惜的东西在我体内翻腾,威胁着要涌出来。她什么时候开始了解或关心我的福祉了?她什么时候关心过我的感受?

"我很幸福。"我说,我装出勇敢的腔调,"此刻,此地,与你。我们不一定只能待一晚,我们可以——"

"卡罗莱塔,我希望你不要放弃寻找丈夫。我将这视为我的使命,你也可以。"欧拉的声音很平静,听起来就像是世界上最疲惫的女售货员。她从我身边溜到床边,盯着电视。

"欧拉,你转过来看着我。求你了。"

欧拉摇摇头。她对着电视说:"我不想到死都还是个老处女。难道你想这样吗?"

我想我沉默得略微久了一点。

欧拉转过身对着我。"你……不是吗?"

我不知道哪一件事更好笑:欧拉是以为今年四十岁的我在这么多年里都没有和男人发生过性关系,还是认为这

EULA 欧拉

些年来我们做的这些事,还能使我们产生身为处女的自我认同?

"欧拉。"

"你?跟什么龌龊的男人睡过了?"欧拉用手捂住嘴,那一刻,主日教师欧拉胜过了生物教师欧拉,"你不干净了?"

"欧拉!"

我以为她会拿上自己的衣服夺门而出,但她没有。她只是坐在床上,抽泣着发抖。"我没想到是这样!"她哭得不能自已。我甚至不确定她所指的"这样"是哪样。我和男人?她和我?生活?

"欧拉,你觉得应该是怎样的?"

她转身面向我。"我只是想要快乐,"她抽泣着,"和正常。"

我想将她拉到我身边,轻轻摇着她,直到她不哭了。我想向她保证一切都会变好的,但我不敢。我无法让一切都好起来,至少无法以她想要的方式让一切好起来。

"谁规定的正常呢,欧拉?死了几千年的人?那些认

她们的私生活

为奴隶制很合理,把女人当作财产一样对待的人?"

"《圣经》是上帝无误的话语。"欧拉低声说,即使是耳语,也透露着对我的言论的不满。

"而你相信这一点,是因为这是一群男人对另一群男人的解读。人们都说你应该相信上帝,而不是男人。你认为上帝会希望你,或任何人,年复一年都不为人所触碰吗?一辈子当个处女?就像斯图尔特修女、威尔逊修女、希尔修女那样。她们,还有我孀居的母亲——这些虔诚的女人,认为自己必须在取悦上帝与满足人类最基本、最人性化的需求——被了解和拥抱的亲密接触中做出抉择。如果上帝也曾作为人类——"

"如果?"欧拉吐出这个词。

"——那他为什么要制定这种规则,强迫人们做出这么痛苦的抉择?"

"我不质疑上帝。"

"也许你应该质疑那些用这个版本的上帝教导你的人。他们的教导对你没有任何好处。"

欧拉眯起眼睛看着我。"你不是我以为的那个人了。"

EULA 欧拉

"你也不是你以为的那个人。"

在 电视上，时代广场中的人群骚动不已。快到零点倒计时的时刻了，欧拉和我躺在床上，浑身上下只戴着我们庆祝新千禧年的眼镜。派对喇叭还没有拆封。

"我想，有一天，也许我也能去时代广场庆祝跨年。"欧拉说。但因为酒劲，她的话有点前言不搭后语。

"和我一起吗？也许我们明年就可以去，不来这里了。"

欧拉没有回答。

"我们远在澳大利亚悉尼的朋友们最先迎来了新的一年。"迪克·克拉克对着人群中一位戴着紫色天鹅绒疯帽匠帽子的白人女性说，"各个国家都在庆祝千禧年的到来，目前没有任何电力中断或计算机故障的报告。你认为千年虫病毒是空穴来风吗？"

"我很害怕，卡罗莱塔。"

她们的私生活

"我知道。"

欧拉开始喃喃自语。我靠近她,想听听她在说什么,这才意识到她在祈祷。

当她说"阿门"时,我起身走到床前跪下。欧拉的脚指甲被涂成了粉红色,和她的围巾颜色一样。我伸手抓住她的脚踝,把她拉向我,直到她的腿像祭坛一样向我敞开。

10,9,8……

我小声呢喃着。

4,3,2……

欧拉说着她的祈祷,我有我的祈祷。

NOT-DANIEL
并非丹尼尔

她 们 的 私 生 活

📞

　　我把车停在临终关怀中心大楼背后的阴影中，静静等待着。我腿上放着一盒大号安全套。这让我感觉自己好像回到了十六岁，只不过这次我主动买了安全套，而非让男孩准备。两周前我第一次在临终关怀中心大门口遇到这个男人，我误以为他是我的初中同学。我往里走，他正往外走。我以为他是丹尼尔·麦克默里，所以我盯着他看了好一会儿，而他也盯着我看了一会儿。当晚，我又看到他从我母亲病房对面的房间中走出来。他的母亲患有乳腺癌，而我的妈妈得了卵巢癌。

　　我看了看手机，十点二十七分。我把时间掐得很准，我先去沃尔玛买安全套，"并非丹尼尔"的那个男人三分

她们的私生活

钟后就会下楼。为了不让夜班护士伊里埃看出端倪,我俩从不同时离开或回到病房。她的名字并非真的叫伊里埃,我只是这样叫她,因为她是牙买加人。伊里埃像蛇一样刻薄。我曾向中心负责人投诉过她,她粗鲁的举止更适合在停尸房工作。但是伊里埃护士喜欢"并非丹尼尔"。当他问及有关他母亲的护理问题时,她从不装腔作势地敷衍。他告诉我,有一天深夜,当他身着轻薄的运动短裤穿过走廊时,伊里埃还和他开玩笑说:"帅哥,如果你一直穿着这条小东西在这里走来走去,有人可能会把持不住,给你洗个海绵浴了。"

伊里埃护士可不傻。也许她会看出点什么端倪,发现我和"并非丹尼尔"的那个男人是……我们是什么关系?你们的母亲是临终关怀中心的病友,陪护的日子里长夜漫漫,无心睡眠,他与你整天和各自的保险公司、债主、银行、牧师、亲戚和朋友交涉,而他只是比其他人更为友善,你怎么界定你们的关系?你是孝顺的女儿,他和你一样,也是孝顺的儿子。他也是另一个家庭的顶梁柱、保释担保人、用人、司机、医生、职业顾问和提款机。他也是

NOT-DANIEL 并非丹尼尔

一个对死亡既期待又恐惧的人,而死亡就像一个难以预料何时出场的演员一般,时刻徘徊在我们身边。

如果他戴着结婚戒指但从不提及妻子的名字,你该如何界定你们的关系?他的妻子和两个孩子就住在隔壁州。我不想问,他也不想说。

十点三十分整,"并非丹尼尔"敲了敲副驾的车窗。有那么一会儿,我们像往常一样安静地坐着。有时我会哭,有时他也会哭,在这里我们能够不再去想母亲口中的耶稣、冰冷麻木的护士、医生的陈词滥调,以及把上帝的意志伪饰成慰藉的荒唐神学。最后,我们中总有一个人会先开口。

但是今晚……该如何开始?从我们前一天晚上没说完的话开始?又一次关于葬礼和自私的兄弟姐妹的碎碎念,突然变成亲吻,变成我的 T 恤被脱掉。

我们是这样开始的:"并非丹尼尔"从我手中接过一盒安全套,取出一个,然后将盒子放在我手机旁的仪表板上。然后他把他的手机也放在了仪表板上。我知道他的手机铃声和我的一样,都调到了最大声,因为电话,那通电话,随时都可能打过来。然后他用手捧着我的脸,看着我。我垂下眼帘。

"不行。"他说,"我要你……在这里。全心全意的你。在这里。"

我抬起头来看着他的眼睛,我感觉自己就像是西绪福斯在推着巨石。在他的眼中,我看到了*妻子、孩子、濒死的母亲*。我眨了眨眼,又眨了眨眼,直到我的视线清晰起来。

在后座上,"并非丹尼尔"脱下我的衣服,也脱掉了自己的衣服,他的身体覆上了我的。他很粗暴,但并不野蛮。

我在想,他是否也与我有着相同的念头:如果我们在楼下"乱搞"(这倒像是我奶奶会说的话)的时候,我们谁的母亲死了怎么办?

但是在汽车后座狭窄的空间里,在我们的悲痛和需求里,没有内疚或恐惧的位置。只有解脱。

我把这话同"并非丹尼尔"说了,彼时我们两个人都筋疲力尽,汗湿了的背贴在真皮座椅上。

NOT-DANIEL 并非丹尼尔

"*解脱*？"他皱了皱眉，然后笑起来，"解脱了？那看来我没能把活儿干好啊。"

"不，不。"我说，"你……你的活儿很好。我很满足。但我确实有一个疑问……"

"说。"

"你有没有担心过，当我们在这里的时候，她们中的某一位可能会死？"

"我从来没想过这个问题。"

"真的吗？"

"真的。听着，我要么就把活儿干好，要么就想着我妈妈死没死之类的。这两件事我没法同时做。"

然后我就笑了，尽管我觉得我不应该笑。尽管一切都不应该如其所是。

DEAR SISTER

亲爱的妹妹

她们的私生活

亲爱的杰姬：

这封信的开头我已经以五种不同的方式写了五次。最后我告诉自己这封信你要么会读，要么不会读，跟我怎么写其实毫无关系。这取决于你是个什么样的人，你经历过什么，以及和我的姐妹蕾妮、金巴、塔谢塔和我拥有同一个父亲对你而言意味着什么。也许这些对你来说毫无意义。也许没有父亲你的生活也能过得很好，我希望是这样。也许父亲对你来说意味着一切，而你一直渴望了解他，并因为没有了解他而痛苦。无论是哪一种，你都有权知道我们的父亲华莱士·"斯泰特"·布朗上周死于一场严重的中风。

她们的私生活

据我们所知,你从未见过父亲。他最后一次见到你时,你还是个婴儿。如果是这样的话,这句话可能对你来说算是种安慰:你没有错过什么。(塔谢塔,我们的小妹妹,让我告诉你这些。我们现在都在奶奶家,每个人都抢着说话,告诉我应该给你写什么。我基本上不理会她们。她们选我来写这封信,是因为我直截了当,不拐弯抹角。但我也是有我的说话技巧的,不像塔谢塔。)

哦!如果你想知道的话,我们现在所在的这所房子,我们总是叫它"奶奶的房子",尽管爷爷在世时也住在这里。爷爷在二〇〇二年死于心脏病,上帝保佑他的灵魂安息。你会喜欢他的。大家都很喜欢他。他总是有什么笑话或有趣的故事要讲。他是好人,奶奶也是。尽管他们尽了最大的努力来抚养自己的孩子们,但他们要么在街头死于非命,要么就在艰难的生活中死去。但有些人就是有自己的路要走,你懂吗?

总之,说回斯泰特。塔谢塔是对的。你并没有错过什么。斯泰特——除了奶奶之外,所有人都叫他"斯泰特",

因为在高中时,他常戴着一顶斯特森帽。[1]斯泰特并不是一个好爸爸。每个女儿和他的关系都不尽相同,但没有一种是健康的,也没有一种是我们需要的。

金巴是大女儿,她是和平的守卫者。她称父亲为"华莱士",但大多数的时候她都假装他不存在。多年来,她一直在阻止塔谢塔和蕾妮互相掐架。她考上了哈佛大学。她的母亲简和我的母亲曾是朋友……在遇见斯泰特之前。但在金巴和我上小学的时候,她们决定暂时把分歧搁置一旁,像姐妹一样把我们抚养成人。我妈妈说:"有一天你们都会需要对方的。我和简不会一直在你们身边。而且你们肯定不能指望你们的爸爸。"

话说回来……金巴现在住在费城,和她的丈夫及两个孩子一起——你的外甥和外甥女。她是我们中唯一有孩子的人,而且她是最安静的一个。就像我说的,和平的守卫者。蕾妮一给她打电话告诉她爸爸去世的消息,她就飞过来了,帮着奶奶料理一些事务。但我能看出来她真的想离

---

[1] "斯泰特"原文为"Stet","斯特森帽"原文为"Stetson"。

她们的私生活

开这个鬼地方,回到她的生活中去。

说到奶奶……我想奶奶虽然还没有完全患上阿尔茨海默病,但也差不多了。她常常记不得我们的名字,但她知道自己的宝贝儿子死了。她很伤心,一直在断断续续地哭。75岁的她比她的丈夫和几乎所有的孩子都要长寿,除了一个孩子,那就是我们的鸟叔叔,他在爷爷去世后搬来照顾她。上周,金巴来了之后,我们相约在奶奶家吃饭。邻居和教会的人送来了吃的。我们有了可以吃上好几天的食物:炸鸡、烤鸡、通心粉、奶酪、蔬菜、煎蛋、土豆沙拉、黑眼豌豆、米饭和蛋糕。

有一次我们坐在那儿吃饭的时候,奶奶说:"你们几个谁怀孕了?"她手里挥舞着一只鸡腿,像一个指针。"这周我几乎每天晚上都梦见鱼。"

从小到大,奶奶一直在说她有关鱼的梦。奶奶有七个孩子、十九个孙子(包括你)、八个曾孙和三个玄孙,奶奶经常梦到鱼。

"有人怀孕了。"她嘟囔道。

蕾妮、金巴和我面面相觑,摇了摇头。"不是我们,奶奶。"蕾妮说。(塔谢塔还没有来,她总是迟到。)

言归正传……奶奶每一个孩子、孙子、曾孙和玄孙出生的时候,她都会梦到鱼。("除了哈利勒。"她常常这么和我们说,"那个婴儿两个星期大的时候,德里克才把那个女孩带回家。她还有胆量发脾气,就因为我告诉她,她不应该这么早就把孩子带出来,孩子脚上没有鞋子,没有帽子,什么都没有。管他是不是已经六月份了。"那是一九八六年六月,但奶奶谈起那个女孩和那个婴儿时,就像昨天一样。哈利勒现在已经十九岁了,都是孩子的爸爸了!)

如果奶奶梦见了鱼,那么在她的生活里就会有人怀了孩子。大家都说她只错了一次,当时奶奶因为糖尿病并发症住院了,所以做了一些不切实际的梦。但是杰姬,我要告诉你一个只有我们姐妹几个才知道的秘密。我知道奶奶没有错。与堕胎相比,我更为破坏了奶奶在家人眼中的完美预言感到内疚。十五年后,奶奶仍然在抱怨"糖这种东西比医生说的还要坏,扰乱了人们的梦境"。但我不忍心告诉她我做了什么。

她们的私生活

但是这一次,怀孕的真的不是我。我知道不是我,因为我已经快一年没有和任何人在一起了。男人让我觉得很累,我没有应付他们的精力。你结婚了吗?你有孩子吗?

话说回来……也许这次是我们的表亲,或者远房表亲怀孕?或者是塔谢塔?但是她是常打避孕针的……

我知道谁肯定没有怀孕:我们的妹妹,蕾妮。因为她可能还是个处女。说到斯泰特,蕾妮绝对是我们中最有妄想症的一个。她是我同父同母的亲妹妹。(我不愿意去想这件事,但我猜我妈妈愿意在斯泰特身上犯两次傻。)蕾妮和我没有太多的共同点。就拿和斯泰特的关系来说吧。我们上小学的时候,她总是和别人说斯泰特和妈妈结婚了,他每年都带我们去巴哈马游船,而且斯泰特在圣诞节还给她买了一个芭比梦幻屋,每年都会送她很多贵重的礼物。斯泰特每年确实都会去巴哈马游船——不过是和他的女朋友们一起。而且他从来没有给我们买过礼物。我们所能指望的就是一些无法兑现的承诺、迟来的抚养费(如果有的话),以及在奶奶家度过的夏天。那些夏天是我能想到的关于他的唯一好事,实际上,那些夏天都和他无关,因为我们在奶奶家的时候，他都在外游荡。

但这些都没有让蕾妮感到不快。她在每个生日、每个父亲节、每个圣诞节都给那个人买卡片和礼物。好像他是年度最佳父亲之类的。妈妈会问我是否也想给他买点东西。不，妈妈。我就是这么告诉她的。*不，妈妈。*

所以塔谢塔和我，我们对斯泰特的态度徘徊在金巴和蕾妮之间的某个地方。这里就像女儿们的炼狱，你不指望他在你的生日或圣诞节给你送什么东西，但每次他不送，你还是会痛不欲生。

在一次父亲节，我和蕾妮、奶奶去了教堂。蕾妮当时十岁，我十三岁。斯泰特曾向奶奶保证他会去教堂。他总是向奶奶保证他会去教堂。蕾妮和我坐在奶奶的两侧，在教堂的第二排或靠右侧的位置，奶奶总是坐在那里。蕾妮不停地转来转去，看着教堂后面的门。我知道她在想斯泰特随时会走进来。她拿着一份礼物，一包为他买的袜子，还用圣诞纸包了起来。牧师讲道到最后，蕾妮就一直转身，转身。奶奶拍了拍她的膝盖，紧紧地抱着她。但她一直回头看。

她们的私生活

然后牧师做了献身呼召,邀请任何想请求耶稣进入他们内心的人上前。然后他请所有的父亲上前承诺或重新承诺将他们的生命奉献给自己的孩子。蕾妮看着所有这些人上前,跪在祭坛前,承诺成为他们孩子的好父亲。然后她最后一次回过头来,眼泪就流了下来。

在离开教堂的路上,她把袜子扔进了垃圾桶。如果我可以在那一天把这种痛苦从她身上带走,我一定会的。但是我做不到。我只能对她说我们的妈妈对斯泰特的评价:"他不配拥有我们。"我知道这是真的——他配不上我们。但我不认为蕾妮曾经相信过这一点。我想她从来没有了解过她应该得到什么,她值得什么。

———

我停笔,去拿了点吃的。想到多年前在教堂的那个父亲节,我想知道你是怎么过父亲节的,也想知道你平日的生活是怎样的。究竟是父亲不在身边的伤害更大,还是他日积月累所带来的失望伤害更大?

好吧，没有人能够在出生时选择父母。但我们有权选择现在对他的态度。

我真的希望这封信不会让你更难做。一开始，我们并没有想到要联系你。在我们的成长过程中，我们听到过一些议论，说是还有一个妹妹，当时我们不以为意。然而，就在几天前，我们聚在一起时，奶奶的邻居，玛格丽特小姐带了个红薯派过来。

她说："你们不是还有个妹妹吗……那个小胖子？"

我们不知道她在说什么。

"几年前她来过这里，嫁给了一个北方男人。"

"哦，你说的是我，玛格丽特小姐，"金巴说，"我丈夫来自费城。上次来这儿的时候，我正怀着孕。"

"不是，你只是胖而已。我记得你怀孕时的样子。"

我敢说，这些上了年纪的人之所以敢说这种令人难堪的话，完全是因为他们知道我们不敢拿他们怎么样。金巴看着我，好像在说："这个贱人是认真的吗？"

但玛格丽特小姐显然不打算闭嘴。"你们还有个妹妹……斯泰特的另一个女儿。"

她们的私生活

"我们没见过她。"蕾妮语速极快。

"她也该知道了。"玛格丽特小姐说。她转向奶奶喊道:"梅,你不认为她也该知道这些事了吗?"

正吃着馅饼的奶奶抬起头来,说:"谁?"

玛格丽特小姐摇了摇头:"算了。"

接着,塔谢塔进来了,像往常一样,扯着嗓门在打电话。"姑娘!"她朝电话那头不知是谁喊道,"告诉他,你可不是他肚子里的蛔虫。他要是想下手就得先开口。不开口哪儿能得手!"然后,她被自己的文字游戏逗得哈哈大笑。"我是认真的……你看啊。你知道他们爱说'一个孩子都不能落后'?要我说,'一个黑人都不能留着不上'。"

"塔谢塔!"蕾妮暴跳如雷,"这话太恶心了。放尊重点。"

塔谢塔挥向蕾妮的巴掌在离她脸颊几厘米的地方停住了。她放下了手。她还穿着医院的工作服,一头脏辫在脑后梳成了一个小髻。

玛格丽特小姐一脸鄙夷,说:"天哪,我要离开这里。梅,我回头再和你聊。保重。"

塔谢塔挂断了电话,吻了吻奶奶的脸颊。"嘿,奶奶。"

"天知道你那张嘴还干了些什么。"玛格丽特小姐在出门的路上喃喃地说。

"欢迎再来,玛格丽特小姐,"金巴把玛格丽特小姐送到前廊,说,"谢谢你的红薯派。我们周六教堂见。"

刚才那一幕差不多就是塔谢塔其人其事了。对了,她和其中一个已婚的男朋友刚庆祝了恋爱五周年纪念日。

金巴问塔谢塔:"你们还记得华莱士先生曾说起他的另一个女儿吗?"

蕾妮气呼呼地说:"来吧,奶奶。我给你洗个澡。时间不早了。"

塔谢塔直接就着烤盘捞了几口通心粉和奶酪,边吃边想了想金巴的问题。"不记得。"她回答道,"一点印象都没有。"

"玛格丽特小姐觉得我们该和她联系一下。但我们对她一无所知。"

"你问过鸟叔叔吗?"

塔谢塔很不羁,但也很聪明。塔谢塔的妈妈曾经是位

她们的私生活

脱衣舞女,但她努力让塔谢塔和我们一样接受教育,上大学。塔谢塔是一名护士,金巴是一位教授,蕾妮是一名幼儿园教师,我则是一家非营利社会服务机构的项目主管。你是做什么的?

于是……我自告奋勇去找鸟叔叔(真名:伯特[1])谈谈,鸟叔叔又搬回了他和斯泰特小时候一起住的卧室。鸟叔叔哭得满眼通红。斯泰特的死让他悲痛不已。那是他的大哥哥,也是他最好的朋友。

鸟叔叔记不起你的名字了,他只记得你妈妈的名字。但他说你妈妈来过奶奶家几次,他在你还是婴儿的时候见过你一次。

"你爸可不是一般人。"鸟叔叔说。他在自己那张单人床上躺平。我坐在斯泰特那张床上。"什么都逃不过他的眼睛。你知道那会儿,我不干好事,他一眼就看出来了。有次我们跟一群人坐在一起喝酒,我刚从迈阿密回来,处理一点生意,但我没说那到底是桩什么生意。斯泰特隔着

---

[1] 伯特(Bert),与"鸟(bird)"谐音。

桌子指着我说：'黑鬼开车去迈阿密只干那么几种事……要么搞毒品，要么看孩子，要么再搞几个孩子出来。'"

鸟叔叔笑起来。"然后我说，'黑鬼，不知道是谁有一群孩子。我只认识你这么一个混账能把自家孩子说成一手黑桃牌的'。"鸟叔叔学着我父亲慢吞吞的腔调说，"嗯……我有五个，没准还多一个。"

我们都笑了。接着，伯特叔叔又哭了起来。这或许就是悲伤。他所经历的不仅仅是斯泰特的死。还有他四个手足的死。他们的死因有毒品、暴力，或两者兼而有之。我们几乎都不认识自己的叔叔和姑姑。

当我回到厨房时，塔谢塔正在给自己和金巴倒龙舌兰酒。见着我，她又去拿了一个杯子，给我也倒了一杯。

你也许早已料到，蕾妮不希望我们联络你（而且她对龙舌兰酒也嗤之以鼻）。她说你可能会以为斯泰特留下了一笔遗产。我提醒她斯泰特死的时候家徒四壁，连尿壶都没有。别理她。我告诉过你，她有妄想症。这么多年过去了，她还是那个满怀爱意的女儿，对父亲尽心尽责。她每周都会给他买东西、做饭。每周五晚，她还会像老年人一

她们的私生活

样陪他看电视。是她发现他死在了浴室地板上。有一次我问她有没有在约会。她说她相信求婚，而不是约会。总有一天，上帝为她选中的真命天子会找到她。我不明白她命中注定的男人该如何找到她，她的生活两点一线——除了去上班，就是去斯泰特的家。也许来装有线电视的人，或者斯泰特楼里的保安是她的真命天子？

我们坐在厨房抿着酒，塔谢塔的电话响了。金巴瞥了一眼，看到了来电人的名字："'后庭金手指'？塔谢塔，这像什么话？"

塔谢塔抄起电话。"管好你自己吧！"她走进起居室，又开始对着电话呼来喝去。

蕾妮看起来像是要醉了。我和金巴又喝了一杯。

当塔谢塔回到餐厅时，蕾妮还在生气。"塔谢塔，就算你没有自尊可言，至少也得尊重别人婚姻的圣洁。"塔谢塔又喝了一杯。"我当然尊重他们的婚姻。"她说着，把杯子啪的一声拍在桌子上，"直到他们不想我尊重了。"

金巴咯咯地笑了，我也憋不住了。除了蕾妮，我们都笑得前仰后合。

"你们两个就这么由着她胡来?"蕾妮质问道。

金巴喝了龙舌兰酒后放松了不少,她说:"我管不着,塔希[1]是个成年女人了。"

"别太当回事,金巴。"塔谢塔说,"你不在的时候,我都不理这位道德高地小姐。"

"话说回来。"蕾妮说,"伯特叔叔记不得另一个女孩的名字,这最好不过了。毕竟事出有因。"

"天哪,我敢说你的母语是'陈词滥调'。"

"你别……"

"成天念叨着什么'勿妄称主名……'。你有没有意识到你执着于一个想象中的白人爸爸,因为你的凡人爸爸是一坨狗屎?那么,你猜怎么着?你想象中的白人爸爸也是狗屎。如果他不是,他就会给你一个真正的爸爸,一个值得你为之付出的爸爸。"

蕾妮深吸了一口气,转身背对塔谢塔,对着我们其他人说:"正如我所说的,这就是最好的安排。反正她和我

---

[1] 塔谢塔的昵称。

她们的私生活

们也不是一类人。"

"不是一类人?"塔谢塔笑了起来,"那我们到底是哪类人?我们不过是有着同一个专挑不三不四的女孩下手的老不死的黑鬼父亲的女儿。她当然和我们是一类人。"

"*我的意思是……*"蕾妮再次转身对着塔谢塔,"她不像我们那样了解父亲。即使他活着的时候你无法尊重他,你至少也应该对死者表现出一些尊重。"

塔谢塔刚想开口,金巴打断了她。"姑娘们,别闹了。你们说得我头都疼了。"她揉了揉太阳穴。

塔谢塔咯咯地笑了起来。"姑娘,那只是因为你喝了龙舌兰酒。"

蕾妮说:"《圣经》上说,当孝敬父母——"

"*当孝敬父母?*"塔谢塔吼道,"那个浑蛋什么时候尊重过你?或者我?还是金巴?尼歇尔?除了他那渺小的自我,他还尊重过谁?这种浑蛋我才不尊重。"

"不孝女!"蕾妮尖叫着捂住耳朵。

塔谢塔笑了。"你他妈的现在是在开玩笑吗?"

"你们俩!"金巴发出嘘声,"奶奶和鸟叔叔都睡下了。"

DEAR SISTER 亲爱的妹妹

蕾妮压低了声音："你听好了，在葬礼上你可不要给我来这一套。"

塔谢塔把头偏向一边："不然呢？"

（你也许会有兴趣知道，塔谢塔是我们中唯一一个会吵架的人。金巴会和你辩论，直到你甘拜下风为止。蕾妮会为你祈祷。我只会远远地站着和稀泥。）

"否则……否则我就让人把你赶出教堂。"

"行，祝你好运。"

"塔谢塔，我是认真的。葬礼是为了纪念死者，安慰生者。如果你无法做到这一点，你就不应该出席。"

"听着，我知道你自以为是葬礼的负责人，你是他的最爱之类的。你爱怎么想就怎么想。但别用你的要求来限制我。你——在——我——这——儿——屁——都——管——不——着。"这最后一句话，塔谢塔每说一个字就击一次掌来加重语气。

"你们可以停战吗？"金巴问道。

"不能！"塔谢塔和蕾妮异口同声。

"蕾妮，"我说，"你不要搞得好像我们活在某个伟大的王朝，斯泰特是什么国王一样。如果你一定要拿《圣经》说事，那就把上下文给一并带上。'当孝敬父母——这是条预示着福报的戒律——使你的日子在耶和华你神所赐你的地上得以长久。'姑娘，我懂你，你想在天堂中得到孝顺女儿的加冕，你拼命想要得到斯泰特的爱。也许他爱你，但你得尊重现实，那就是我们其他人和你想要的东西不一样，也没有得到过任何你自以为从他身上得到的东西。"

蕾妮抱着双臂哭了起来。她看起来像是那个在父亲节那天在教堂里哭泣的十岁小女孩。我差一点就要心软了。就差一点。

"而且，"我说，"如果我们真的要实事求是的话，《圣经》的下一节中提道：'你们作父亲的，不要惹儿女的气，只要照着主的教训和警戒养育他们。'"

"换句话说，"塔谢塔说，"如果你没有照着《圣经》来一板一眼地要求他，那你也别他妈的拿《圣经》那套来管我。"

"还有你……"我转向塔谢塔，"我们并非仅仅是那个浑蛋的孩子。我们是姐妹。虽然我们之间也有磕磕绊绊，

DEAR SISTER 亲爱的妹妹

但我们一直都是彼此坚实的后盾。我穿上黑衣服,坐在教堂里,不是因为他是个好爸爸,我们都知道他不是。我去参加葬礼是因为我爱奶奶和鸟叔叔,爱蕾妮和金巴,还有总是闯祸的你。斯泰特是我们的纽带,尽管我们的生活中99%的时间都没有他的存在。我们在这所房子里度过了那么多个夏天,整天都在那个小前院里玩,因为奶奶不让我们出大门。还记得吗?"

金巴和塔谢塔点了点头,笑了起来。就连蕾妮也咧开嘴露出了笑容。

金巴说:"记得那次我们玩完回来,鸟叔叔说:'妈呀,你们闻起来就像一群公山羊一样臭!'"

"还记得鸟叔叔在家骂人,奶奶把报纸卷起来打他后背吗?"蕾妮说着,朝塔谢塔的方向翻了个白眼。

我们回想着童年趣事,屋子里满是欢声笑语。接着,我们第一次静了下来,坐在那里,静静地陷入了回忆,那些美好亲密的时光。那些在奶奶家度过的夏天。上学的时候,我们在彼此家过夜,互相换着衣服穿,去迪士尼乐园玩,为男孩子们而发愁,抱怨自己的妈妈,互相做头发。

她们的私生活

我们一起参加中学舞会、毕业典礼,还有金巴的婚礼。

而斯泰特与这一切无关。他是一个一味索取而从不给予的人,他没有给我们留下任何足以为他的去世而感到悲伤的回忆。

塔谢塔打破了沉默。她站起身来,给自己打包了一份食物。"我一早还要上班,我先走了。"说着,她抓起钥匙和钱包,和其他所有人拥抱告别,除了蕾妮。

读到这里,你也许会认为我们家一地鸡毛,根本不想和我们扯上关系。但我向你保证:我们将是你能遇上的最好的姐妹。让我告诉你接下来发生了什么。

我们再一次聚在一起时,是大家坐着加长轿车去参加斯泰特的葬礼。蕾妮将我们安排在同一辆车中,奶奶、鸟叔叔、金巴的丈夫和孩子们则在另一辆车里。

蕾妮和塔谢塔还处于冷战之中,但至少是"冷战"。葬礼当天早上,塔谢塔穿着黑色露背连衣裙和透明高跟鞋来到奶奶家。但是她后来还是同意穿上了蕾妮从后备厢里取出来的西装外套。

葬礼……就是一个葬礼。蕾妮、奶奶和鸟叔叔哭了。

金巴的孩子们坐立不安；他们的妈妈只好不断给他们零食，好让他们消停点。我的母亲坐在教堂的最后一排；我没有见到她，但她告诉我她会坐在那儿。对斯泰特不甚了解的一群狐朋狗友上台谈论他的为人多么优秀。唱诗班演唱了两首曲子。牧师谈到了我祖父母为孩子们、孩子的孩子们遮风挡雨，他们是如何虔诚，我想，我想他至多也只能说到这儿来。之后，正如牧师在那些数十年不造访教堂的人的葬礼上一如既往的发言：他提醒哀悼者自己也终将面临死亡，如果他们不与主和解，就无法升入天堂。

耶稣和我在几年前的一次祭坛仪式上就和解了，所以我心不在焉地听着。斯泰特和我也在很久以前就和解了。我不再期待他能成为一位好父亲，他也不再期待我成为像蕾妮一样的女儿。葬礼结束后，当引导员带领我们离开教堂时，我早就已经等不及要离开了。

在墓地边，当棺材落入地下时，我们姐妹几个聚在奶奶和鸟叔叔身边。等人群散开，回到教堂参加餐宴后，我一个人站在坟墓旁边。我还没准备好融入人群。

可是你知道的，黑人可不能落单。一个下巴上长着灰

她们的私生活

白胡须的浅肤色男人走了过来,站在我旁边。"节哀顺变。"他说。

"谢谢。"

"我是你爸爸的朋友,昌西。"昌西看着我的脸,期待我能认出他来。他看我好像没什么反应,就不停地自说自话,边说边打手势。

"你知道吗?你爸爸总是谈起你,吹嘘你的成就,说你在学校总是拿全优,还去上了哪个大学来着,对了,耶鲁!"

"那是……不是我。那是我的姐姐,金巴。她去了哈佛。"

"哦,好吧,你知道,你们都让他感到骄傲……斯泰特的女儿们都漂亮极了。"昌西揉了揉我的肩膀,我浑身发抖。我敢肯定他也感觉到了,但他还是不停地摸着我的肩膀。我的皮肤在西装外套下变得湿冷。

"真是些美女啊。"他说。

我过了一会儿才意识到,昌西的话算是恭维。但是鉴于当时的情况以及他的手在我身上逗留的方式,我又过了一会儿才反应过来,这是一种非常不合时宜的恭维。

"那，你一会儿有什么安排没有？"他问。

我甩开了他的手，皱起眉头，不敢相信眼前发生的一切。"五秒钟之内限你滚开。"我说，"不然我就喊人了，让我叔叔过来痛扁你一顿。五……"

昌西走开了。

在加长轿车里，我一言不发。我想大家都会认为我的沉默是因为今天的葬礼。但塔谢塔注意到了我不对劲。我告诉过你，这个女孩很聪明。

"妮妮[1]，怎么了？"

我艰难地吞了口口水，告诉他们发生了什么事。

"哦，见鬼，不是吧。"蕾妮说，"那个狗娘养的。"我们目瞪口呆地盯着她。

餐宴中，我和奶奶、鸟叔叔、金巴和她的家人们，以及我的母亲坐在一起。教会女士们给我们端来了一盘盘食物和一些果汁。

在隔壁桌子上，我看到塔谢塔坐在昌西对面，正微笑

---

[1] 尼歇尔（即"我"）的昵称。

她们的私生活

着点头。我听到他又在说斯泰特的漂亮女儿们了。蕾妮加入了他们,将一盘食物和一杯潘趣酒放在昌西面前。他滔滔不绝地说着什么,蕾妮和塔谢塔继续微笑点头。

然后昌西喝了一大口潘趣酒。

他大声尖叫起来。

他抓着自己的喉咙,满头大汗,泪流满面。教会女士们冲过去帮忙。蕾妮和塔谢塔端着盘子翩然回到我们这桌,坐下来继续吃东西。

"昌西怎么了?"鸟叔叔问道。

"也许他在鸡肉上放了太多辣酱,或者别的什么。"蕾妮说,"奶奶,您有什么想吃的吗?"

"哦,不用了,宝贝。"奶奶说,"我很好。我就想知道这里谁怀孕了,我一直梦到鱼……"

真是漫长的一天。

这也是一封很长的信。然而,我们不只是想让你知道斯泰特死了,我们还希望你能了解我们家。甚至蕾妮也这样想。她会想通的。当鸟叔叔终于想起你母亲姓什么时,她撇了撇嘴,但她和我们其他人一样对你感到好奇。

DEAR SISTER 亲爱的妹妹

金巴说，如果你造访费城，请告诉她。我们所有人的地址和电话号码都列在下面。

鸟叔叔说要告诉你，他的心里还能再装下一个侄女。

我心里也能再装下一个妹妹。

最后，塔谢塔想知道你喜欢红酒还是白酒。

你的姐姐，

尼歇尔

另：奶奶想知道你是不是怀孕了。

PEACH COBBLER

桃子馅饼

她 们 的 私 生 活

我妈妈做的桃子馅饼可太好吃了，好吃到足以让"上帝"出轨。在我五岁的时候，我在厨房里围着妈妈转，我凑上去看她做馅饼。到我六岁时，我已经能够记住制作馅饼所需的所有原料和步骤。但切记不要站得离她太近，如果挡了她的路，她会大发雷霆。由于凑得不够近，我看不清她做馅饼时所用食材的具体分量。她也从未写下桃子馅饼的食谱。我自觉地不去问关于馅饼或上帝的问题。对每周一在我家厨房吃着一盘又一盘馅饼，接着闪进我和妈妈共用的卧室中的男人，我也自觉地一言不发。

我默默地学习我妈妈是如何制作馅饼的。即使随着年纪渐长，我不再相信特洛伊·尼利牧师就是上帝的化身，

她们的私生活

我仍然渴望着完善我妈妈做的馅饼的甜度和口感。我妈妈平常都是给我吃加热即可食用的冷冻快餐，但每周一，她总用新鲜的桃子烤一个桃子馅饼。周一是她的休息日，平日里，她在餐厅做服务员。她总是说周日是她的周六，周一是她的周日。但我知道，她没有一天是属于我的。

在我的童年中，周一是"上帝"（对我这个孩子而言）来我家吃馅饼的日子，他不是每个周一都会来，但每次他来，都能吃掉一整盘八寸的馅饼。这些馅饼我妈妈从来都不吃。她说她不喜欢桃子。妈妈总是在"上帝"想要分我些馅饼之前，就把我赶出厨房。然而，我觉得即便我坐在他身边，他也不会把馅饼分给我。"上帝"是个年迈的胖子，像是一个黑皮肤的圣诞老人。我觉得他吃了我妈妈做的桃子馅饼，肚子会变得更大。

有的时候，"上帝"会在周一的晚饭后来，我则蜷缩在沙发上，在客厅里看连续剧《草原小屋》。还有的时候，当我放学回到家时，妈妈和"上帝"就已经在卧室里了。一进屋，我就能听到呻吟声和撞击声，就像有一块木板撞到墙上一样。我会悄悄地关上身后的门，踮起脚尖穿过大厅，在卧室门外侧耳倾听。"哦，上帝啊！哦，上帝啊！哦，上帝啊！"妈妈的声音带着哭腔。我也能听到"上帝"的声音，他低沉地咆哮，说："好的，真棒，太棒了！"

其实早在他周一定期造访我家前，我就觉得尼利牧师——这位基督浸信会教堂的希望牧师——就是"上帝"。他高大黑壮，充满力量，与我想象中的上帝一样。我在幼儿园的主日学校期间，背诵的第一个复活节演讲是《耶稣是上帝的儿子》，但我并不觉得黑皮肤的神有一个金发碧眼的儿子很奇怪。尼利牧师很黑，他的妻子却很苍白，他们的儿子特雷弗和我差不多大，有着一双灰色的眼睛，他的肤色不比教堂里挂满的耶稣画像的肤色黑多少。此外，在每个礼拜日中，当唱诗班唱着"我爱你（今日的主）"时，尼利牧师、他的妻子和特雷弗都会站在圣堂前，从会众那里收集献礼。所以，我理所应当地以为尼利牧师就是"上帝"。从我母亲卧室门内传出的激情呼喊似乎也证实了这一点。

我喜欢尼利牧师礼拜日在教堂中的布道。在讲台上，他向会众发出雷鸣般的咆哮，宣扬上帝的愤怒和审判。当

她们的私生活

他吟唱上帝的良善和怜悯时,他用双臂搂住自己,摇晃着。然后他从讲台上走下来,在圣所的过道上徘徊,激情澎湃地告诉我们他所谓的"好消息"。虽然他是个大个子,但他的动作出奇地轻松优雅。当他开始发出献身呼召时,大多数妇女和一些男人都会站起来,摇摇晃晃地高声呼喊。但我妈妈不会这样。她坐在那里,表情深不可测。

尼利牧师和他的"第一夫人尼利"与杰克·斯普拉特和他的妻子[1]截然相反。他,肥头大耳,而她,瘦削憔悴,就像孩子笔下的简笔画里的人物。行奉献礼时,她站得笔直,僵硬得像一支箭,棕色直发垂在肩上。我一直以为她是个白人女人。直到几年后,我第一次在她家门口近距离地端详她,才发现她也是个黑人。像许多教会女士一样,第一夫人尼利戴着一顶宽边帽,帽檐低垂着,几乎遮住了她的眼睛。但我还是看出来她没有像我妈妈那样楚楚可怜的大眼睛。她不如我妈妈漂亮。她也没有我妈妈的丰乳肥臀。当我和妈妈走在街上时,总有陌生男人出言不逊,我

---

[1] 在英国童谣中,杰克·斯普拉特不吃肥肉,他的妻子不吃瘦肉。

PEACH COBBLER 桃子馅饼

妈妈骂他们是"下流的浑蛋"。第一夫人尼利可能从未在街上走过。有一天,我在教堂停车场看到她从一辆粉红色的凯迪拉克中走出来。我听到周围的一位教会女士说,这是她靠卖玫琳凯化妆品赚来的。

尼利牧师总是开着一辆豪华轿车,每年都换一辆新的,这些都是会众送来的礼物。他把车停在我家后院靠着树林的一侧。我家在路的尽头,即使是最近的邻居也住在半英里[1]外的公共汽车站处。

二年级的一天,我跑了半英里回家,兴高采烈地想要和妈妈分享一些好消息。我冲进屋里,把背包扔到沙发上,气喘吁吁地跑进厨房。

尼利牧师坐在桌旁,弯着腰吃馅饼。那是一个周一。他从馅饼盘子里抬起头,为难地和我打了个客套的招呼。他故意拖长的尾音是大人不想和孩子聊天时才有的表现。我和他打了声招呼,他立刻低头埋进了馅饼中。他一小口一小口,慢条斯理地吃着馅饼。他丰满的嘴唇微微张开,

---

[1] 1 英里合 1.6093 公里。

她们的私生活

闪着口水的光泽。这让我想起了在电视和电影中所看到的接吻场面。勺子几乎要消失在他厚重的熊掌中。他的手指很像我妈妈有时会在周日早餐时做的粗香肠。

我妈妈双手交叉,靠在后门边的台面上,看着尼利牧师吃东西。她看起来挺高兴的——并非欣喜若狂,而是心满意足。她目不转睛地看着他,好像下一秒他要离开,她就准备冲上前去挡住门一般。

"妈妈!"我边说边喘着粗气,"你猜怎么着!"

"怎么了?"但她的目光从未从牧师身上移开过。

"拉塔莎·威尔逊邀请我参加她生日那天的睡衣派对,我可以去吗?"拉塔莎·威尔逊住在一栋两层楼的房子里,有一张粉红色的、装着公主顶棚的芭比床。她有一头柔顺光亮的鬈发,总是整齐地扎一个高高的马尾辫。她的父亲在一家银行工作。我把生日会的请柬塞进了衬衫前襟,闻起来就像是泡泡糖的味道。拉塔莎闻起来也像泡泡糖。我敢打赌她家也满是泡泡糖的味道。我迫不及待地想知道她家是什么模样。

"不行。"我妈妈说。

PEACH COBBLER 桃子馅饼

我把几乎从我嘴里蹦出来的"为什么不行"咽了回去。我妈妈的眼睛依然盯着尼利牧师。而他的眼睛仍然盯着馅饼。我的眼睛里则装满了眼泪。

"你进屋吧,去把校服换下来。"我妈妈说。

我走出厨房,眼泪从我的脸颊滑落。起初我没有回卧室换衣服,而是躲在走廊里妈妈看不见的地方。通常,我都会听她的话,但此刻的我太难受了。

我躲在走廊拐角偷看妈妈和尼利牧师。她在尼利牧师的对面坐下。她看不到我,但尼利牧师突然从馅饼盘子前抬起头来,正看着我!我迅速转移视线,努力振作起来。但尼利牧师并没有揭发我,而是问我妈妈:"为什么不让她去参加聚会?"

我又偷偷从拐角处瞄了他们一眼。

我妈妈叹了口气,说:"我喜欢独处,她也需要学会独处。这样对她来说更好。一旦接受了邀请,就需要礼尚往来。接着,大家就来你家,看看你有什么,没有什么。再然后,你懂的,你家的鸡零狗碎就传遍了邻里街坊。"妈妈的指尖拂过桌沿,她自怜自艾地笑了笑:"而且我相信你也能理解,我为什么不想我的事传得尽人皆知。"

尼利牧师什么也没说。他又咬了一口馅饼,摇了摇头。

"况且……"妈妈说,"我尽力想让她学会满足于当下的现状。我了解拉塔莎的父母。我和他们是同学,他们向来浮夸,喜欢炫耀。拉塔莎的爸爸过去常常开着他父亲的林肯车带着拉塔莎的妈妈四处兜风,后来他父亲就给他买了一辆福特野马。我们当时才十六岁。他们有钱,也有随之而来的一切特权。所以拉塔莎一定也是个娇生惯养的姑娘,她的生日派对一定会极尽奢华。"

"我不了解他们。"尼利牧师说,"但如果主庇佑他们,他们想庆祝孩子的生日,并邀请你的孩子分享这份喜悦,我觉得没什么问题。"听到尼利牧师在讲台外谈论主,我很不适应。他的声音不再充满威严、低沉有力,而只是一个普通人的声音。一个可能会说服我妈妈让我去参加拉塔莎·威尔逊生日派对的普通人。我双手交叉为此祈祷。

妈妈在椅子上挺直了腰杆。她说话的时候,语速很慢,仿佛正在斟酌自己的用词。"他们自然可以按照自以为合适的方式抚养孩子。但我抚养孩子的方式不会让她从

PEACH COBBLER 桃子馅饼

小就期待生活会一帆风顺。对我的女儿而言,生活不会没有挫折,她越早学会接受现状越好。她一旦尝到了甜头,就会生出无穷的渴望,长大后,她甚至可能会为一点点欢愉就走向堕落。"

尼利牧师又看了我一眼,摇摇头,吃下了最后一口桃子馅饼。

我跑到他看不见的地方,松开交叉着的双手。我的眼睛里又装满眼泪了。不用看就知道我妈妈会把空的馅饼盘、牧师的盘子和勺子一并清理干净。我知道她会一如往常地将它们泡在水槽里的肥皂水里。如此一来,我甚至都无法捡些碎屑吃。

"你这儿有全世界最好吃的馅饼。"我听到尼利牧师说。显然,拉塔莎·威尔逊的生日派对邀请已经被忘到九霄云外了。

他总是这么说。我相信他是某种黑皮肤的圣诞老人,我想象他礼拜日在教堂布道,周二到周六则周游世界,品尝其他妈妈做的桃子馅饼,但总是在周一回到我家。

我换下了校服,坐在沙发上,不知道该如何处理对妈妈的感受，这是一种全新的感觉：愤怒。

我听到他们走进我和妈妈的卧室，并关上了门。我起身将冷冻食品放入烤箱。有时我妈妈会记得为我加热，有时候她就忘记了。炸鸡、土豆泥、玉米和热巧克力蛋糕是我的最爱。我总是在巧克力蛋糕中间还黏糊糊的时候先吃掉它。

有时尼利牧师和我妈妈会在卧室里待上个把分钟，甚至一个小时。他们出来时，总是有说有笑。我妈妈会因为我没听过的笑话而大笑，她会向尼利牧师道晚安，而尼利牧师则会笑着再次感谢她做的桃子馅饼。

我记得那些笑声。因为在没有尼利牧师造访的时候，我家里总是一片寂静。我想知道如何才能讲出能逗笑妈妈的笑话。我不知道什么笑话能让她笑，但也许，如果我能看着她切桃子，数清楚她搅拌了几次，弄明白如何靠香味判断烤馅饼的最佳时长——也许我也能做出一个让"上帝"满意的馅饼。或许这能让我妈妈为我高兴。

在"上帝"没有来的那些周一，我妈妈会在晚饭后把馅饼扔进垃圾桶，然后给自己倒一大杯添加利金酒，让我

PEACH COBBLER 桃子馅饼

早点睡觉。有时他连续几周，甚至几个月都没有出现。记得有一次，一位没有牙齿的老妇人在教堂中声称："上帝也许不会在你需要的时候出现，但总会在适时的时候出现。"

在我八岁时周一的一个晚上，我躺在床上，翻来覆去睡不着，想着躺在垃圾桶底的那个馅饼。今晚，在妈妈把馅饼扔掉之前，我已经把垃圾倒了，在垃圾桶里放了一个新袋子。我起身，做出要去洗手间的样子，但事实上，我走进了厨房。

黑暗中，我将手伸进了垃圾桶，直到指尖触碰到一种黏黏的、湿漉漉的东西。我抓起一把馅饼，一下子全都塞进嘴里。我狼吞虎咽般嚼着，糖汁从我的嘴角滴到下巴。我品味着桃子和裹着糖浆的酥皮的美味。这是世上最好吃的东西。我凭记忆想象着妈妈做馅饼时的每一个动作。她是如何将桃子浸进沸水，然后把桃子放在凉水下冲洗为其剥皮的。这样，她就能轻易地将桃子切片。当佐治亚州的桃子过季了的时候，她会小心翼翼地从桃子罐子里挑出桃肉做馅饼。

我想成为那些桃子。我渴望被妈妈的双手充满关爱地抚摸。如果我无法成为那些桃子,那么退而求其次,我也想用自己的双手做出如此美味的馅饼。

"你在干什么?"

我转过身。妈妈正双手抱胸,站在门口。她穿着一件褪色的棉质睡衣,在褪色之前,这件睡衣是天蓝色的。

"我问你呢。"她说,她的声音中带着一丝金酒所带来的醉意。

我满面泪痕,黏糊糊的手指还塞在嘴里。我咬着手指,不知道该如何回答她,又害怕沉默会让她更生气。我妈妈并不常打我——那时,在大多时间里我已经能尽量不惹她生气。但当她生气时,她的愤怒之井深不见底,把我以前和当下所犯的错误一并算上。我号啕大哭,她也哭,她一边打我一边哭,不断重复着,我必须学乖,我不得不学乖。

"回答我。"

"我想要吃点馅饼。"

"它是你的吗?"

"不是,妈妈。"

PEACH COBBLER 桃子馅饼

"关于拿走不属于你的东西,我和你说过什么?"

"这是偷东西。"

"那个馅饼是谁的?"

妈妈从未与我谈论过那些发生在周一的事,但直觉告诉我,她不想谈论那些事。而且通常而言,妈妈对我提的问题都没有什么耐心。

"它属于……上帝。"

妈妈瞪大了眼睛。"你是在讽刺我吗,姑娘?"她向我走来。我跑到后门,背靠在门上。我还是觉得外面比家里更可怕。

我脱口而出:"不,妈妈。我不是在讽刺你。你的馅饼是为上帝做的。"

"我的馅饼……"妈妈跌坐在厨房餐桌旁的椅子上,"你觉得……"她的声音像是在笑,又像是在咳,还混合着哽咽声。

"坐下。"

我在她对面的椅子上坐下了。"我知道有些事情你不明白前因后果。"妈妈说,"那是因为你还小,没法理解。但我了解。我知道什么才是最好的。我知道什么对你好。"

妈妈伸手摸了摸我的手背。妈妈的抚摸让我一激灵,我暂时忘了我刚惹了麻烦。

"不过,你必须明白一件事:尼利牧师不是上帝。"她说,"他是我的一个朋友。这也是他来这里的原因。"她的语气和她的抚摸一样柔和,我没有那么害怕了。甚至当她说"这无关他人,是我的私事"时,她的语调中仍保留着一丝温柔。我希望这个温柔的妈妈能经常出现。

"你明白我说的话了吗?"

我不明白,没有完全明白。但我知道,我需要为她保守这个秘密。"我明白了,妈妈。"我说。

这个秘密很容易保守。首先,没有人在意我的秘密,我也无人倾诉。我妈妈不让我在校外和同学一起玩,因此我在学校中始终无法和其他女孩打成一片。在我们住的这一侧镇上,所有人都很穷。但因为我的衣服和鞋子都是从慈善二手商店买来的,不是太大就是太小,而且破破烂烂的,我在小学里总是最不受待见的女孩。

PEACH COBBLER 桃子馅饼

虽然那些女孩（除了拉塔莎·威尔逊）也并不比我好多少，但至少平日里，她们的妈妈都会把她们的头发抹上发油，精心梳理成两根马尾辫。对我而言，母亲的照料总是遥不可及，尤其是当我站在浴室镜子前的椅子上，努力将我那巨大而浓密的鬈发在头顶扭成一个蓬蓬的发髻的时候。妈妈总是说，她不擅长梳头发——她的头发是松散柔软的鬈发，不需要费多大力气打理——当我终于学会如何给自己打理头发的时候，她松了一口气。

所以我没有一个真正的朋友来听我倾诉尼利牧师的事或其他任何事——更不用说我母亲的事了。把这些事说给一个成年人？想到这里，我的胃里一阵翻腾。

即使妈妈没有要求我为她保守秘密，我也永远不会说出发生在我十岁时的某个周一的事。

五月下旬某个炎热的日子，我从公交车站步行回家。我们家又断电了，家里所有的窗户大开着，好让风吹进来。当我走近房子时，一阵微风掠过，掀开卧室的窗帘。透过窗帘被风吹开的缝隙，我看到了尼利牧师光溜溜的大屁股，他正站着，将我妈妈压在梳妆台上。

她们的私生活

当我走近前门时,窗帘依旧在空中飘舞,我看得更真切了。我可以看到尼利牧师用他那肥厚的香肠手指抓住我母亲的臀部,我仿佛可以想象到,他手上沾着的馅饼的黏稠糖浆正从我母亲身上滑过。我恨他。这就是性,这就是学校里的女孩们用手掩着嘴,咯咯地笑着谈论的东西。

一周后,我月经初潮。我和妈妈都很震惊。我不知道发生了什么事,起初,妈妈不断说:"你还太小了,你还太小了……"她皱起的眉头和我双腿之间的厚重护垫像是对我的一种惩罚。

我十一岁时,脸上长满了粉刺,穿 36D 的胸罩。对于我的大胸,妈妈似乎比我还尴尬,她总是责备我对此不加掩饰,说得好像我藏得住它们似的。我感觉她更疏离我了。所以我率先搬出了卧室,住到了客厅里,睡在沙发上。

我不再去教堂了,妈妈也并没有敦促我去。

即使我不再在晚上偷吃垃圾桶里的桃子馅饼,我也依然渴望它。我还会看着妈妈做馅饼,因为我不想忘记她是

PEACH COBBLER　桃子馅饼

如何做出如此美味的桃子馅饼的。也许我能自己学着做馅饼。有一次，我问她能否多买些桃子，这样我就可以自己做馅饼了。"我没钱给你浪费，让你在我的厨房里瞎倒腾。"这是她的回答。

十四岁时，我在商场里的汤麦肯鞋店找到一份工作。我能够自己去买这该死的桃子了。

每周五的晚上，我都会自己做馅饼吃。我妈妈会拿着一瓶添加利金酒躲在她的卧室里，而厨房则成了我的地盘。我完全遵照妈妈做馅饼的步骤，使用同样的配料，所以我做的馅饼和我妈妈做的馅饼一样好吃，让人忍不住想要大快朵颐。整个周末，我顿顿都吃馅饼，直到吃完为止。我会把空盘子泡在水槽里，双手徜徉在温热的洗碗水中。我感觉自己做了件很了不起的事。

我母亲只见过一次我做馅饼。在一个周五的晚上，她从房间里出来，穿着一件超大的法兰绒衬衫，站在厨房门口，手里拿着一瓶金酒。她看着我。酒精让她看起来显得更慵懒，更优雅，更柔和，甚至更漂亮。她的头发从平日绾起的发髻中掉落下来，披在了肩上。她已经

她们的私生活

三十多岁了,但看起来还像个少女,仿佛一个真人大小的洋娃娃。

"你以为你知道自己在做什么,对吧?你觉得自己很聪明,比谁都聪明。"

我转身去搅拌面糊做饼皮。

妈妈走到我身边,和我靠得很近,我几乎能闻到她呼吸中的金酒味。"有人成绩好,有人善于*生活*。"她说,"如果你拥有生活的智慧,你就不会想要成为像我这样的人。"

我幻想着请尼利牧师尝尝我做的馅饼。但除了尴尬地打招呼以外,我们从来没有说过一句话。即使他造访时,我刚好在厨房,我也会离开那里,走进客厅。尽管如此,我还是想象着他尝了口我的馅饼,告诉我这比我妈妈做的馅饼更好吃——是世上最好吃的桃子馅饼。我还幻想着将碎玻璃混在馅饼皮里,然后看着他倒在地上。更重要的是,我想让妈妈知道我也能做出美味的馅饼,并让她为我感到骄傲。大多数时候,我只是想要得到我妈妈的认可。

PEACH COBBLER　桃子馅饼

到我上十一年级时,我受够了一次次拒绝男孩们的追求,我屈服了。但在学校后面的公园里与我亲热的男孩们,没一个配得上我做的桃子馅饼。大多数情况下,他们只是渴望我的大胸,而大多数情况下,我只是想要被抚摸。

在我读高三时的一月中旬,一个周一的晚上,尼利牧师离开后,妈妈和我一起走进客厅。我心里一紧。我更喜欢一切照旧:每当他离开后,我都不忍看她,她似乎也不想要我陪伴左右。但那天晚上,她坐上了沙发,递给了我一张纸。

"这是尼利家的地址。他们想请你在周二放学后,去他家为特雷弗补习。他数学不太好。"她说,"我告诉过他,你在所有高级课程的考试中都得了全优。他只需要告诉她,学校推荐你来帮忙补习功课。"

他和她。对尼利牧师和他的妻子,我们不会直呼其名。

当然,有很多事,我们都不会直说。

我如妈妈所期待的那般一言不发。正如她总是期待我保持沉默一样。

第一次周二补习，我还没来得及敲门，第一夫人尼利就打开了豪宅的前门，我才意识到她是黑人，而不是白人。我和她之间的距离如此接近，我能够看到她丰满的嘴唇和宽阔的鼻子。她把披着的长发扎成一个松散的马尾辫，脸上只化了淡妆。

"你好，奥利维娅！我是玛丽莲·尼利。"她招呼着我，将我领进门厅。"但你可以叫我玛丽莲小姐。我希望你不介意，"她说，用她瘦骨嶙峋的手臂搂着我，"我喜欢拥抱！"

我意识到她并非我记忆中的白人冰雪皇后，这让我对来到她家的感觉变得更糟糕了。我使出浑身解数让自己的身体不要因为她的触摸而僵硬，我努力告诉自己我没有做错任何事，我不是背叛她的人。在拥抱的过程中，我轻轻抚摸她的背，我感受到她突出的肩胛骨。相较之下，我感觉自己仿佛一个庞然大物，稍微一用力就能将她的骨头捏碎；或者通过一个残酷的真相，就能将她碾碎。

PEACH COBBLER　桃子馅饼

这种突如其来的力量让我感到头晕目眩，我想起尼利牧师光溜溜的屁股，想起我的母亲。*如果这个女人会读心术呢？* 我有点站不稳，几乎失去了平衡。

"你还好吗，亲爱的？"玛丽莲小姐以惊人的力道抓住了我的肩膀。她的左右手上都各自戴着三枚巨大的光彩夺目的钻戒。

她把我带到门厅里的一张长椅上。"这张长椅在我家已经有五十年了。"她说，"我爸爸过去常说，长椅在法语中是'没用的椅子'的意思！"

说着她笑了，我试着跟她一起笑，但我的嘴唇和我身体的其他部位一样，都在颤抖。"我很好。"我说，"我只是有点虚弱。我没吃午饭。"这并非全是谎言，大部分时间，我都不吃午饭，因为自助餐厅里的食物很难吃。而且相比于同龄人的陪伴，我更喜欢和书籍做伴。

玛丽莲小姐拍了拍手。"来餐厅吧。我准备了些点心，你和特雷弗就在那里补习吧。*特雷弗*！"她朝楼梯上大喊。

特雷弗·尼利是当地一所私立学校伍德伯里学院的准

她们的私生活

大学生，也是学校里的明星足球运动员。他像他妈妈一样白皙、高大、瘦削。毫无疑问，学校里的女孩们总是如众星拱月般簇拥着他。我以为他会介意比他小一岁，而且还是个女孩的我做他的家庭教师。但即使以上任何一点使他困扰，他也丝毫没有表露出来。

他的母亲介绍了我们认识，然后便拉上餐厅的门离开了。特雷弗目不转睛地盯着我的胸部。他灰色的眼眸里闪烁着自信。

我从玛丽莲小姐准备的点心托盘里拿起一个鸡肉沙拉手指三明治，咬了一口，说："所以……给我看看你初级微积分学得怎么样吧？"

但是特雷弗一直盯着我的胸，他迎上了我的目光，接着又盯回我的胸。

"没错。"我对他说，"我的胸很大。巨乳。是的，你的确很迷人，但你的眼睛对我不起作用。废话少说，赶紧开始补习吧。"

特雷弗笑了，露出他完美的牙齿。

"你可真棒。"他说，"你可真棒。"

PEACH COBBLER 桃子馅饼

他给我看了他上一次的考试成绩，69分。我大概花了半小时解答他做错了的题目，然后他要求休息一会儿。我们吃了三明治，喝了点可乐。这一次，当特雷弗与我对视时，我把目光移开了。他真的很可爱。

"你看过肥胖男孩乐队那首新歌的视频吗？和海滩男孩乐队合唱的那首？"

"《勇敢向前冲》那首？"

"对，就是那个。太有意思了。"他笑着说。

"我在收音机里听过这首歌，但我还没看过这首歌的视频。"

"怎么会？MTV（音乐电视）频道成天播这个视频。"

"我家没有有线电视。"

"你家没有有线电视吗？"

我耸了耸肩。

"但我知道你看《考斯比一家》。"

"没错，你知道我最受不了谁吗？凡妮莎。她真烦人！"

"她让我庆幸自己没有兄弟姐妹。"

"我也是。但我挺喜欢丹妮丝的。她很酷。"

她们的私生活

"她确实是个可人。但我不希望她是我的妹妹,毕竟乱伦是犯法的!"

我们俩都大笑起来,接着,一阵沉默袭来。我的手放在餐桌上,离特雷弗的手很近。他的手指不像他父亲那样粗短,而是纤细而修长的。如果我和他上床了该怎么办?我还从未做过这样的事。我想象着特雷弗和我,在他家水晶吊灯下的餐桌上,纠缠在一起,亲吻彼此。想到这里,我再次为自己的想法感到恶心,这次,我的胃一阵难受。*真是欲壑难填。*这个词在我脑海中缓缓浮现,黑色的、滑腻的,像是油脂一般,好像是我上周在杂货店买来的低俗小说里的句子。

那一刻,我明白了欲望是如何吞没一个人的,拽着你一路沉沦下去。

我闭上眼睛,清空幻想,把自己拉回现实。

那天晚上回到家,我将玛丽莲小姐给我的装着钱的信封丢在了厨房台面上,我妈妈正站在一旁洗碗。然后我便走向客厅。

"补习怎么样?"我妈妈叫住我。

PEACH COBBLER 桃子馅饼

我停了下来,并没有转身。补习怎么样?怎么样?她是认真的吗?哦,因为你刚和每周和你妈妈上床的牧师的妻儿共处一室。

"挺好的。"我说,我还是没有转过身。

"仅此而已?就挺好的?"

"嗯。"

"你拿着。这是你的。"

我转过身。妈妈把那个信封递给了我。

"不,妈妈。我不想要这些钱。"

"拿着。"她说,她摇晃着信封。我叹了口气,接了过来。

"坐下。"我坐在桌旁,妈妈坐在我对面,说,"说说他们家的房子吧。"

"就……挺大的。而且……到处都是老旧的、昂贵的家具。"

我妈妈皱了皱眉。"还有什么?她怎么样?"

"什么她怎么样?"

"注意你的语气。别跟我耍小聪明。"

她们的私生活

"我没有。我只是……我不知道你想让我说什么。"我耸了耸肩。我对玛丽莲小姐和特雷弗有一种奇怪的忠诚。眼下这种尴尬的处境我们谁都不想要。

"她挺好的。"

"……然后呢？"

"然后……我不知道。她不是白人。"

"你以为她是白人？"妈妈大笑起来，声音洪亮，"她当然不是白人，她只是个浅肤色的黑人。虽然他这么黑，但他也喜欢浅肤色的女人。"我的母亲只比玛丽莲小姐黑一点。我的肤色比我母亲黑一点，但没有尼利牧师那么黑。这是我当天第三次感到恶心：尼利牧师会是我的父亲吗？我妈妈只告诉过我，我的父亲是我不会想要认识的人。

她好像看穿了我，她接着说："就像你爸爸一样。自己黑得发亮，却总围着浅肤色和白种女人屁股后面打转。"

"我能走了吗？"

我妈妈看起来很失望。"我给你热了些冷冻食品。"

"谢谢，但我不饿。"

PEACH COBBLER　桃子馅饼

"你在那里吃过饭吗?"

"就吃了些三明治。"

"哪种三明治?"

我强忍着怒气。我简直不敢相信,关于一块该死的三明治,她也能刨根问底地追问不休。我只是想去洗个澡。

"鸡肉沙拉三明治。"

"还有什么?"

"可乐。"

"就这些? 哼。"

"对啊,就这些。"我说,"请问我可以走了吗?"

妈妈挥了挥手让我离开。

那天晚上,以及在我辅导特雷弗的几个月内的许多个晚上,他都在我的梦里进进出出。我曾对与我一同玩闹的几个男孩动过心,也暗恋过几个别的男孩。但特雷弗是我第一个真正迷恋的男孩。他有好奇的大眼睛、圆圆的鼻尖、丰满的嘴唇。他的嘴角总是带着笑意。我想吻他。每个周二,都是一次亲吻他的机会。每次我们的视线相对,我都能确信他也对我有同样的感觉。但我只

她们的私生活

允许自己沉迷于这种甜蜜的暧昧氛围之中,当我们埋头于他的初级微积分课本时,他身上散发出的混合着头发油脂、肥皂和汗水的味道,萦绕在我们头上的空气中。在极少数的情况下,我允许自己和他对视超过一秒,他就会露出满足的微笑。而我,则被欲望和无端的负罪感所淹没。特雷弗不能因为我妈妈和他爸爸之间所发生的事而责怪我。虽然我也绝不会告诉他,但我知道,只有我一个人知晓内情而他被蒙在鼓里是不对的。可我还能怎么办呢?

所有这一切都巩固了我对上帝的理解:他把所有人玩弄于股掌之间。出于一己之乐,他看着自己所创造的生物四处颠沛流离,做困兽之斗,深陷在个人的悲剧中不能自拔。

尽管这种暧昧的情愫让我们之间的气氛变得紧张起来,但特雷弗和我总是能重新投入学习中去,这也是我出现在他家的原因:他想要在初级微积分课上取得一个好成绩,而我也希望他能考个好分数,顺利毕业,然后我就不必像犹大一般,每周与他的母亲拥抱。我也不用再向我妈

PEACH COBBLER 桃子馅饼

妈汇报他母亲又做了火鸡三明治、碎肉三明治和玉米热狗了。我会想念和特雷弗在一起的时光,我也会怀念这种内疚感和发生的一切。

前四次周二补习中,我都设法避开了尼利牧师。但在第五次周二补习时,当我按响门铃后,是他开了门。我往后退了一步。我口干舌燥,没有回应他的招呼。

尼利牧师咧嘴一笑,向我伸出手,就像他在行奉献礼时对教区的教徒所做的那样。我低头看着那些肥大如香肠的手指,胃里翻腾不止。他放下手,露出笑容,语调轻快。

"进来吧。你是奥利维娅……对吗?"

"是的,先生。"

我踏进门厅半步,但另一只脚却站得离门很近。我想象着如果我此刻转身逃跑,会有什么后果。

特雷弗蹦蹦跳跳地走下楼梯。在最后一级台阶上,他呆住了。他眯起眼睛看着他的父亲。"妈妈呢?"

"她去看望凯瑟琳姨妈了。姨妈最近身体不太好。"

"哦。"特雷弗说。他并没有走下最后一级台阶。

她们的私生活

"你妈妈在家的时候你该做什么,现在也怎么做就是了。"尼利牧师告诉特雷弗,"我就在楼下的书房里。"

特雷弗等到他父亲走后才走进门厅。

"快进来。"他说,"你看起来像是受了惊吓似的。你还好吗?"

"还好。"我说,"我怎么会不好呢?"

"有时人们会被我父亲吓到。你看上去很害怕。"

我勉强笑了笑,希望我的笑不会太假。"我?害怕?拜托。你才看起来很害怕呢。"

特雷弗的脸微微涨红了,他低下头。"我只是很惊讶他这么早就回家了。仅此而已。"

我才不信呢。但之后,他向我闪过一个微笑,我就不再追问他了。

玛丽莲小姐在餐桌上给我们留下了用箔纸包着的香烤芝士三明治。

特雷弗拿起一个三明治,咬了一大口。

"我妈妈虽然不是世界上最棒的厨师,但她做的香烤芝士三明治很好吃。"

PEACH COBBLER　桃子馅饼

我咬了一口三明治。抹上黄油的三明治很好吃。"真的很好——"我还没说完,特雷弗就压在了我身上,他的嘴唇贴上了我的嘴唇,他的身体把我的身体压到了桌上。

我咽下嘴里的三明治,回应着特雷弗的吻。他把手伸进我的衬衫下。我呻吟着,把手掌撑在桌子上以保持平衡。

特雷弗四处摸索着想要解开我的内衣。

"不!"我低声说,"我们不能这样做。你爸爸……"

"……在他的书房里。"

"没错,但是……"

特雷弗举起双手向后退。"也许你是对的。"

我松了口气,还好他没有表现得很难过,但同时,我的内心也高兴地尖叫起来。我已经在脑海中重演了这个吻。

"都这样了,我都勃起了,你还要我坐在这里解多项式方程吗?"特雷弗说。他夸张地两腿叉开,大大咧咧地向椅子走去。

她们的私生活

"你真傻。"我说。

之后的每一次补习之前,我们都会快速地亲热一番。我们知道,即使玛丽莲小姐要来看看我们,也绝不会在补习刚开始的那几分钟内进来。奇怪的是,和特雷弗亲热让我觉得不再为他们母子俩感到那么内疚了。至少,有那么一会儿,我能够忘记我们的父母,只是享受作为一个女孩亲吻她喜欢的男孩的时刻。如此简单。

四月底,玛丽莲小姐六十岁了。"今天是我的生日!"她说着,开门让我进来。

"生日快乐!"我向她祝贺。

"我今天六十岁了,已经人老珠黄啦!"她笑道,"你知道,特雷弗是我的神迹,我的宝贝,他改变了我的生活……"特雷弗本来已经走进门厅了,一听到我们的谈话,立刻就想转身逃走。玛丽莲小姐伸手把他搂了过来。

"我一度以为我永远都做不了母亲了,我以为那是上帝的旨意,但上帝在我四十三岁的时候赐给了我这个漂亮的男孩!"她一边说,一边搂过特雷弗。

"妈,别说了。"特雷弗说,挣脱开母亲的怀抱,"我

PEACH COBBLER 桃子馅饼

要去补习了。"

"好吧,好吧。"玛丽莲小姐说,"这就让你们两位大学士去钻研学术。"

在厨房里,特雷弗试图吻我。

"不!"我不满地将他推开,背过身擦眼泪。

"好吧……"他说,"我猜,又是到了你每个月的那个时候……"

"你一点都不好笑。"

特雷弗摇摇头。我们坐在桌前,一起做了一遍他在小测验里做错的题。接着,他开始做作业,有问题就来问我。就这样,过了一会儿,我开始收拾东西准备离开。

"你在干什么?"特雷弗看了看表,"我们的补习还有十五分钟才结束。"

"所以你现在惜时如金了?"我怒气冲冲地说。

"没有,我只是……"特雷弗看上去很沮丧,"我只是还有个问题,第六题。"

我叹了口气,放下包,坐回椅子上。"你知道吗?"我说,"如果你妈妈想抱你,你就让她抱。别犯浑。"

她们的私生活

接下来的那周,我去补习时是特雷弗来应门。他穿着一件人民公敌乐队的 T 恤和一条篮球短裤。所传达的信息是:*我是个运动员,我正气凛然。*他这么可爱,我怎么可能一直生他的气?

我走进屋。"玛丽莲小姐呢?"

"她和我爸爸刚出门去医院了。我姨妈病得很重。"他的喉咙有点沙哑,他假装咳了几声试图遮掩。

"真遗憾,希望她没事。"

"是啊。"特雷弗说,"我听妈妈说,她可能快不行了。她的心脏已经衰竭了。他们会围着她为她祈祷。就好像这能起到什么作用似的。"

"你不相信祈祷吗?"

特雷弗看着我。"我是个'教孩'。我当然相信祈祷。"他的声音带着讽刺的意味。

"什么是'教孩'?"

"传教士的孩子。我以为大家都知道这个词。"

"那你想错了。"

我们站着,面面相觑。

PEACH COBBLER 桃子馅饼

"我从未告诉过任何人。"我说,"其实我也不相信祷告。"

特雷弗似笑非笑,摇了摇头。"我敢打赌,你有很多秘密。"

"我很擅长保守秘密。"

特雷弗向我伸出手,我握住了他的手。

在楼上他的卧室里,特雷弗在音箱里放进一盘磁带,按下了播放键。当基思·斯韦特低吟着"让爱永远长存"时,我们亲吻着脱掉了彼此的衣服。

"哇!"我一脱掉内衣内裤,特雷弗就发出感叹。瞬间,他就开始爱抚我。这一次,我不再感到尴尬或生气。我感觉自己很强大。

我将特雷弗推回床上,跨坐在他身上,他闭上眼睛,我想知道他正在想些什么。我尽量不去想他父亲和我母亲之间的事。当疼痛到了极致时,我泪流满面。新伤旧痛一齐向我涌来。

"你想让我停下来吗?"特雷弗问道。

我才不想让他停下来。

她们的私生活

当一切结束后,我们笨手笨脚地取下安全套,完成了这项冒险。我对怀孕的恐惧,以及我刚才压抑在心里的所有担忧,现在都如潮水般涌来。我妈妈会杀了我的。还有玛丽莲小姐……我甚至不敢想她会有多沮丧和失望。特雷弗也在想这些事吗?我不知道,起码他没有表现出来。他只是调整了一下我们俩枕的枕头,躺了下来,对着我微笑。

我用一只手肘撑着抬起身来,说:"你不觉得我们应该回到楼下吗?你的父母随时可能会回来。"

"他们会祈祷上几个小时,相信我。"

于是我躺在他旁边的枕头上,盯着天花板。"接下来该怎么办?"

"你不喜欢吗?"

"不,不是……我不知道。我感觉很奇怪。怎么会有一件事让我感觉很好,同时又觉得做错了。"

"我父亲会说我们刚才所做的完全是错误的,是罪过,淫乱是罪。"

"你相信吗?"

他耸了耸肩。

"你信神吗?"

他又耸了耸肩。

"有很长一段时间,"我说,"我都以为你父亲就是上帝。"

"是吧。我曾经也这么想。"

接着,特雷弗将一只手伸向我,另一只手去取安全套。

几天后,玛丽莲小姐的姐姐去世了。当我去她家为特雷弗补习时,我给玛丽莲小姐带来了一个我烤的桃子馅饼。我希望尼利牧师不在家。当确认他真的不在家时,我松了一口气。这次是最后一次补习。特雷弗要参加期末考试了,然后毕业,再然后去亚特兰大的莫尔豪斯学院念大学。

"请节哀顺变。"我说。

"谢谢你,亲爱的。"玛丽莲小姐说,"她走得很安详。"

玛丽莲小姐眼睛都哭红了。这是我第一次见到她没有化全妆的脸,她的头发散着,有些干枯毛糙。当我把我烤的馅饼拿给她时,她拍了拍手。"天哪!这馅饼做得真好

她们的私生活

看，我都不舍得吃了！*特雷弗！*"

玛丽莲小姐兴致勃勃地谈论着馅饼，还说她姐姐做的苹果馅饼非常美味。"上帝保佑她的灵魂。"我看到大厅桌子上的相框里放着一张新裱的照片。照片中的特雷弗穿着燕尾服，搂着一个漂亮的穿着海藻绿礼服的浅肤色女孩。她的妆容完美无瑕，一头鬈发梳得油光发亮。他们看起来像是婚礼蛋糕上的装饰品，姿态做作僵硬。

"——这是我最好的瓷器和银器。特别的佳肴当然要用特别的器皿来盛了。哦，特雷弗和莫妮卡看起来真般配，是吧？"玛丽莲小姐看到我盯着照片看，于是解释道，"他们在她家后院拍的。考德威尔斯的家在希尔克雷斯特，很漂亮。多完美的景致啊。"

这位住在希尔克雷斯特的伍德伯里学院的女孩，她的妈妈和他爸爸没有长达十年之久的不正当关系。

"是啊。"我说，"真完美。"

在餐厅里，我几乎一口都吃不下。但玛丽莲小姐和特雷弗几乎要钻进桃子馅饼里去了。他们都说，这是他们吃

PEACH COBBLER 桃子馅饼

过的最好吃的馅饼。玛丽莲小姐每咬一口都会享受地闭上眼睛。我试图将这些夸赞纳为己有，但这并不属于我。我甚至不属于这里，我玷污了她一尘不染的家。特雷弗吃完了一块馅饼，接着他把自己的盘子推到一边，直接在烤盘里开吃。我真想用叉子戳死他。

特雷弗不停地瞄我，用他的眼神向我提问。当玛丽莲小姐离开，留我们单独补习后，我要检查他的作业，他拒绝了。"你没事吧？"

"不关你的事。"

"哇。你怀孕了？"

"什么？我没有！"我的声音似乎太大了。

"那是怎么——"

"没什么。做作业吧。"

"你不打算告诉我到底发生了什么事吗？"

发生什么事了？我在期待什么？仅仅因为他和我上了床，他就得带我去参加毕业舞会？他没有告诉我他有女朋友，但我也没有问。他欠我什么？有谁欠我什么？

"我不知道你有女朋友。"

"哦。"特雷弗说,"对哟。"

对哟?就这样吗?对哟?

接下来的四十分钟简直度秒如年。特雷弗做完了作业,我检查了一遍,把他做错的题目又做了一遍。我尽量少说话。我的声音缓慢而沉重,仿佛不是我发出的。

补习结束后,我拿起包准备离开。

"等等。"特雷弗说。他站起身来,把我拉到他身边。

"放开我。"我推开他。

特雷弗耸了耸肩。"好吧。如果你想这样的话,我也没有办法。"

我想怎么样?

我想摆脱别人的秘密。

"没错。"我说,"我就想这样。"

在门厅里,玛丽莲小姐递给我洗干净的烤盘和最后一个装着工资的信封。

"有奖金!"她一边说,一边拥抱了我。当我走出门口时,她对着我喊:"随时欢迎你来看我。这栋老房子到了秋天就会很寂寞了。"

PEACH COBBLER　桃子馅饼

"好的，女士。"我回答她。但我知道我永远不会再来了。

当我走到街上，来到她看不见我的地方时，我立刻跑了起来。我跑去车站，在回家的公共汽车上哭了一路。

我冲进家门，妈妈正在厨房里忙活着。

"怎么了？"

"拿着！"我把信封扔向她胸口。她抬手挡了一下，信封掉在了她的脚边。我丢下空了的烤盘，用尽全身力气把它踢进厨房。烤盘撞到了炉子底部。

"姑娘，我不知道你怎么了，但是——"

"我不要他的钱，也不要他再来这个家！"

妈妈的笑声干涩而轻蔑。她向我走来，在我的面前站定。"你以为是谁出钱让我们住在这里？你还记得上次断电是什么时候？断水呢？你记不起来，不是吗？与其讨论要不要他的钱，不如好好谢谢他。"

我摇头。"不。我永远不会为他出轨，或让我去他家而对他产生感激。"我说，"我宁愿无家可归。但我想我应该感谢你，这些年来一直和他保持这种不三不四的关系，好让我不至于流落街头。"

妈妈抬起手,狠狠地扇了我一巴掌,我差点没站稳。我抬起手,打在了她的背上,她抬头看了看我。"来啊。"她说,"使劲打。打完了你就滚出我的房子。"

我握紧了拳头。"你为什么不能让我摆脱这一切?"眼泪淌了我一脸。妈妈一直盯着我举起的拳头。"看着我!"我尖叫。但她没有看我。

"你本可以拒绝的。"我妈妈低声说。

"我可以拒绝,真的吗?我不记得你问过我的意见,所以不要试图把问题推到我的身上!"

我妈又打了我一巴掌。"注意你说的话!"

我再次举起拳头。"我希望你做的下一个馅饼能让尼利牧师噎死!"

"奥利维娅,你不能这样说话!上帝不喜欢恶毒的人。"

"你不配提上帝。你从来就不配。因为你就是最恶毒的。你和尼利牧师,你们俩才是最恶毒的人。"我的胸口剧烈起伏,我哭得不能自已。"所以你不必再担心了,妈妈。"我说,"你不必担心我会成为像你一样的人。我发誓,

PEACH COBBLER 桃子馅饼

我绝不会步你的后尘。我的生活会很甜蜜,而且,我不会像你一样为了一点点欢愉而堕落。"

然后我放下了我的拳头。因为与此同时,我也无处可去。

SNOWFALL

雪

✦ 她 们 的 私 生 活

❄

黑人妇女可真不适合铲雪。朗达咕哝着。雪已积到了膝盖处。我们不得不铲雪了。暴雪下了一夜,我们在天亮前就起床穿好了衣服,铲出一条"雪路",把我们本田车上的雪清理了一番,还把门口的积雪也扫了扫,以免有邻居滑倒向我们提起诉讼。忙完这一切,我们还能准时去上班。

但我知道朗达的怒气从何而来。虽然很显然我们生来能做任何事,但就是不适合铲雪。当我们将冰雪从汽车的挡风玻璃上抹去时,没有手套保护我们冻僵的双手,没有靴子为我们的脚保暖,穿多少层防水裤都不能够帮助我们抵御寒冷。我们的胸腔呼吸着严寒的空气。铲雪的体力活也不能让我们暖和起来，只会让我们心生怨恨。

虽然不想承认，但雪确实很美。轻盈、柔软、纯净的雪花悠悠荡荡，轻轻落在光秃秃的树枝上。但铲雪真的很麻烦。

不过，当我在汽车后备厢的积雪上清理出一溜空隙时，我还是会说："也许只有我们自己不习惯铲雪。所有在这座城市里土生土长的黑人女性……好吧，虽然也不是很多……现在她们都应该习惯这样的暴雪了。这只是我们在这里度过的第一个冬天。也许过段时间……"

"不是所有的事情都要追根究底，阿蕾莎。"朗达一边说，一边试图刮掉车道边缘的一块冰。当她生我气时，我是阿蕾莎；其余时间我是莉莉，大部分时间我都是莉莉。通常，我们的生活都处于我的追根究底和她的随遇而安之间。

我们生活在这样的日常里：睡前漫不经心地聊天，聊着聊着就天亮了；我常常盯着天花板好几个小时睡不着觉，早上却又睡过头；朗达不得不一次又一次清理大量的积雪和积冰。我又翻了个身，再三恳求朗达让我再睡五分

SNOWFALL 雪

钟，她没有回答。当我醒来时，我听到她的铲子在车道上刺破冰层的声音。我透过卧室的窗户看着她劳作。她将无边便帽紧紧地拉下，一头脏辫披散在肩头，头发上有星星点点的雪花。她纤细的手臂挥舞着铲子砸向冰面，力道出地奇地大。

我刷掉汽车引擎盖上的最后一堆雪，然后将刮雪板放回后备厢。朗达几乎把积冰都清理干净了。

去年夏天，当我为了大学的教职工作搬到这里来时，我们都清楚这里会下雪，但并没有想到雪季如此漫长，漫长到几乎成了生活的日常。我们都还未完全掌握雪中驾车的技巧，网约车的体验也不甚理想。所以我们囤了许多生活用品，尽量在晴朗的日子里置办好一切。

但不仅是下雪的问题。光是寒冷的气温，就足以让我们疯狂地重温连续剧《办公室》，点了很多次泰国菜外卖。任何要让我们迈入风雪的事，都让我们感到很暴躁，我们只专注于前往下一个有暖气的地方。

我们两个都出生和成长在气候温暖的地方——佐治亚州和佛罗里达州。虽然那里的白人的祖先曾视我们的祖先为奴隶，但如今他们表现得风度翩翩，待人接物彬彬有礼，落落大方。在南方，寒风不会吹得你眼泪直流，让路过的陌生人对你投来关切的一瞥，尽管他们也就对你有那么一秒钟的关心而已。是风让我流泪，你想告诉他们。但一秒钟不足以让你与对方产生交流。在南方，天气不会让你关节酸痛，或强迫你提前半小时起床，以处理你睡觉时，风雪对你家台阶、人行道、车道和汽车所造成的障碍。

但有人说，南方有飓风。是的，但不是每天都有该死的飓风，飓风也不会持续整整一个季度。

当你告诉北方人你从南方来时，他们十有八九会这样说："你一定很想念阳光灿烂的天气。"的确，朗达和我都很想念曾认为理所当然的灿烂阳光和清晨畅通无阻的通勤。但我们真正想念的是我们的母亲、祖母、姨妈等亲人，以及不是亲人胜似亲人的朋友们的笑声和拥抱。我们想念家中餐厅里的大橡木桌子，就像那些二十世纪七八十年代的孩子一样，我们曾一碗接着一碗地吃香蕉布丁，而其他人则旁若无人地谈论着你又胖了多少。我们想念在厨房的桌子旁,一边帮忙剥青豆和豌豆,一边看着走廊上的电视正热播着的《年轻和骚动不安的一族》的时光。我们想念她们有多爱维克多·纽曼,讨厌吉尔·福斯特,羡慕钱斯勒小姐和她一身的珠光宝气。

我们想念她们光着棕色手臂,将衣服用木夹子晾晒在晾衣绳上。我们想念她们把太阳茶放在后院野餐桌上的大罐子里泡上一整天,里面放上大把大把的糖,在黄昏时分配上炸鸡小口小口喝着。我们想念傍晚躺在她们身旁,她们睡的四柱床,床垫太软,上面盖着熨烫平整的床单和足足传了三代的旧毯子。我们想念她们家常穿的衣服,上面有奥博佐邦·朱尼尔膏药的味道,还有她们早上在去教堂前喷的白色香肩香水的气味。我们想念手牵着手,在她们的床上一起看我们最喜欢的电视节目——《家族风云》《豪门恩怨》《解开心结》和《鹰冠庄园》——我的手指滑过她们皮肤上柔软的褶皱。

我们想念家人和朋友们的欢声笑语,还有彼此间的深厚情谊。她们的友谊持续了一生,她们的关系比与任性的丈夫和忘恩负义的孩子的关系更长久。有一次阿尔玛抓到

她们的私生活

乔出轨,她用他从战场上带回来的剑打破了他的头,而他告诉医生,他不知道是谁干的。她们得把药瓶藏在鞋里,不然九个孩子中,有七个可能会偷走它们。我们想念她们"严以律人,宽以待己"的市侩。也许这种态度来自她们从湾街那位从不过问药的去向的中国医生那里买到的"神经"药丸。我们想念她们会在周五偷偷摸摸地喝杯深色烈酒,而到了周日,则在教堂中毫无愧疚地为耶稣高呼。

我们想念她们的金牙,我们总是忍不住想象她们年轻时候的样子。

我们想念她们做的蓝蟹,她们在院子里临时用砖头搭起火堆,蓝蟹的壳在洗脸盆里煮成了血红色。洗脸盆让我们想起了架在火堆上的大锅,里面撒满了岩盐和辣椒粉,水汩汩地冒着泡,翻滚着,调味料包、洋葱瓣、辣椒,还有土豆、玉米粒,都漂浮在水面上。我们想念她们像女巫一样站在大锅边搅拌药汤。她们的鼻尖挂着汗珠,手心和手腕周围浓烟密布。她们挥舞着长柄勺子,将迷迷糊糊、摇摇晃晃的螃蟹推向死亡。

SNOWFALL 雪

我们想念她们是如何为我们制作复活节礼服、大蛋糕，以及如何在生活中披荆斩棘一往无前的。

但是当我们选择了彼此时，我们失去了所有这些东西。留下的只有回忆。这就是为什么我们即使在不同的地方长大，依旧会在睡前以这样的句式聊起过往："记得那时候……"我们躺在黑夜中怀念过往，心无旁骛，甚至忘记了彼此。

我所在的佛罗里达小镇下过一次雪。那是一九八九年，我从大学回家过寒假。当时我在儿时的朋友托尼亚家里玩，我妈妈忧心忡忡地打电话到她家找我。我看了天气预报吗？并没有。当她告诉我，天气预报说有冰雪天气时，我笑着问她是不是喝了酒。

妈妈有些气呼呼地说："姑娘，我是认真的。这种天气可不是开玩笑的。玛丽埃塔刚告诉我，雪天路上车会打滑，这里的人们根本没有在这种天气下驾驶的经验。我本

她们的私生活

来想让你在回家的路上顺便去趟丘奇餐厅,帮我买点炸鸡。但你现在直接回家就行了。"

"知道了,妈妈。"

当然,我才不听她的呢。

我又在托尼亚家待了一个小时。后来,妈妈告诉我,她又给托尼亚家打了电话,但一直占线,因为托尼亚的妈妈在用电话,而且她家电话没有来电提醒的功能。而当我妈妈终于拨通了托尼亚家的电话时,我已经打道回府了。当然了,这一切都发生在手机普及之前。当我回到家时,妈妈就开始对着我大呼小叫。

"我快担心死了,我还以为你掉进了哪条沟里摔死了!"

我将买来的一袋丘奇炸鸡递给她,她看着鸡肉,仿佛在看外星人一样。

"我告诉过你——"

"我知道。"我说,"但是托尼亚家到丘奇餐厅,以及丘奇餐厅到咱们家之间的路况很好。而且我知道你非常想吃炸鸡,我买的都是鸡翅。"我再次将袋子递给她。"而且

SNOWFALL 雪

我还记得给你加了辣椒。"

我妈妈坐倒在她最爱的扶手椅上,又笑又哭。她把我拉到她的腿上,轻轻摇晃着我。我和她一样身材魁梧,所以当时的场面一定颇为壮观。

"莉莉,你是我在这个世界上的全部。"妈妈说,"我一想到你可能出什么事……"

在我的成长过程中,始终只有我和妈妈两个人。她从来没有结过婚,据我所知,她甚至没有约过会。我的父亲不想承担做父亲的职责,起码不想承担做我的父亲的职责。妈妈告诉我,他有妻子和孩子,在我出生前她和她的家人常去他做执事的教堂。她说主在她四十一岁时将我赐给了她——"那会儿我已经人老珠黄啦!"——而且主没有犯错。我知道妈妈爱我。我知道她总打两份工,为我做了许多牺牲,她的付出满足了我的所有需求,以及我想要的一切。五岁时,捉襟见肘的她带我去了我心心念念的迪士尼乐园。当我的学费需要花掉她第二份工作的年薪时,她依旧坚持给我寄十美元作为零花钱。这就是为什么我坚持要给她带回炸鸡;她为我付出了一切,却很少考虑到她自己。

但就像在夏日里盖上厚实而美丽的被子，妈妈的爱也令我窒息，让我厌烦，直到季节交替，我失去了我的被子时，我才会怀念它。

当时，如果我妈妈知道托尼亚与我的关系超过了友谊，不知她是否依然爱我。我不想知道答案。

在这座城市中，朗达和我并非没有其他黑人女性朋友。我们的朋友有费丝、斯泰西、梅拉妮、凯莉。但友谊与历史不同，就像骨头与骨髓不同。朋友们的存在让我们明白，这座由钢筋和寒冷铸就的城市，比我们的家乡更发达、更安全。朋友们想象着我们的家乡，那里挂着邦联旗帜，满是乡下人和风尘仆仆的体力劳动者，人们戴着金链子，喋喋不休地谈论着不三不四的女人。她们想象不到我的家庭生活。

每当夜晚来临时，我们便躺在床上，开启回忆"记得那时候……"。朗达也想象不到我的家庭生活。对她而言，那只是一段和深色皮肤的人度过的旧时光。像是凝固在琥珀中的化石，像是把破旧的相册放回架子上，或者是在有线电视台看完《好时光》之后关掉电视那样，平平无奇。她很快就睡着了，留下我一个人思绪万千。

昨晚，我一夜未眠。我盯着天花板，想到我妈妈现在正躺在床上，一张被子、一个便携式取暖器，就足以使她过冬。自十月以来，我还没有和她说过话，但那时即便通话，我们也几乎只是礼节性地寒暄，确保彼此还活着。我们谈到了教会妇女团体筹备的炸鱼自助；她为参加教堂妇女节活动买的帽子；哪个老邻居的儿子又被送进了监狱，这已经是他第三次因为贩毒而入狱了；我是否喜欢我在大学里的工作（是）。接着，一如既往地，我们的谈话再次剑拔弩张了起来，双方都显得有些后悔拨通或是接听这通电话——这是显而易见的。

在这些少有的通话中，我的母亲从不过问朗达。我盯着天花板，想知道我妈妈在和玛丽埃塔小姐或她的其他朋友谈论我们时，是否还把朗达称为"她在网上认识的某个女孩"。她知道朗达的名字，因为我告诉过她。但是，即使我告诉了她关于我的一切，她依然声称她一无所知。这样，她就可以掩饰自己的疑惑，她心中多年来那些无休止的疑问，像是为何那些男孩从不打电话给我，为何从不带我去参加舞会，为何没有给她一个其他的让她以我为耻的理由。

我妈妈知道朗达的名字，但她拒绝称呼她或是见她。除了为我的灵魂祈祷之外，她拒绝做任何事情。八个月前，当我最后一次走出家门时，她对着我的脊梁骨戳了一句："你就这么随随便便跟一个你在网上认识的女孩跑了。是谁把你养这么大的？"

莉莉，你是我在这个世界上的全部……

没有了我，妈妈的世界怎么能正常运转呢？

也许她的世界停转了。也许她也躺在床上，思念着我，担心着我。也许吧。

朗达的母亲在她十几岁的时候就把她赶出去了。她们已经二十年没有联系过了。朗达当了一段时间沙发客。十八岁时，她搬进城里，在邮局找了份工作。她攒钱买了一

SNOWFALL 雪

套公寓，并发誓自己再也不会寄人篱下了。我们认识的时候都已经三十岁了，她刚买了房子。几年来，我们往返于她所在的小镇与我所在的小镇，直到我找到了这份在大学的工作。当我邀请她与我一起搬来这里时，她一口答应了下来。

"你就是我的家，莉莉。"她说。起初我并没有懂她的意思。后来我才明白。当我们刚搬到这里时，我相信她可能是对的。我相信我们是彼此的家人。在那个温暖的夏天和灿烂的秋天结束前，我都这样觉得。

然而昨晚，在盯着天花板一个小时左右之后，我做了一件我从未做过的事。我把朗达叫醒了，我问她："你有没有想过搬回南方，搬回家？"

今年早些时候，一位表妹告诉朗达，每当人们问起朗达时，朗达的母亲都会告诉他们，她可能已经死在什么地方了，尽管表妹告诉过朗达的母亲她还活着，过得很好。

在黑暗中，我看不清朗达的脸，但在随后的寂静中，我想象着她睡眼惺忪，慢慢醒来，接着，她说："阿蕾莎，我已经告诉过你我的家在哪里了。我的家在这里。"

我立刻就后悔自己问出了这个问题。

朗达把铲子立在房子的一侧,在清理干净的车道和人行道上撒上盐。我在温暖的车里等她。我们只有一辆车,而城市的公共交通系统很糟糕。我要送她去法院,她在那里当文员。然后,我开车去学校。今天是周五,我的课排在下午,是关于黑人女性主义的,所以我还有几个小时来完成一些判卷和课程的准备工作。

当朗达撒完盐后,她上车坐到我身边。我拭去她脏辫上的一小撮雪花,雪花被我的体温融化了。我不知道她是否因为我突如其来的触摸而绷紧了身体,也可能是我想多了。当我驶出车道时,她的沉默暗示了这并非我的错觉。

"天气预报说,稍后还会有一场暴雪。"我说,"这种烂天气还要持续多久?"

SNOWFALL 雪

"土拨鼠说有几天就是几天[1]！"朗达说。

我沿着陡峭的山坡缓缓驶出街区。我担心刹车锁死，经过停车标志的时候停不下来。更让我不安的是，当地司机在这样的雪天几乎不减速。一旦道路畅通，马路上就一片混乱。我想如果你习惯了这样的天气，也许也会认为黑色的路面并没有铺满黑冰。朗达和我显然还没有积累起足够的经验支撑这样大胆的判断，但当地司机当然不以为意。如果我们开得太慢，他们就会超车，鸣笛，或是催我们加速。我想在车的后窗上挂个牌子，上面写着："我们不是当地人。请谅解。"

朗达只是说："别理这群浑蛋。"他们从我们车旁呼啸而过时，她竖起中指以示不屑。

今天进城的路上，朗达没有骂人。粗鲁的司机经过时对着我们猛按喇叭，朗达一言不发。到了法院后，我想在她下车前俯身亲吻她，而她在嘴唇几乎没有接触到我时就转身离开了。除了亲吻和回忆过往，我们有多久没有在床

---

[1] 美国民间流传着这样的一个传说：如果在二月二日，土拨鼠出洞看到自己的影子，冬天还将持续六周，反之春天即将来临。

上做更多的事情了？

但是这个吻，如其所是，仍然是一个吻。我在想，我是否不再关心和记录那些我们只能在这里做，而无法在家乡做的事。我在想，这些事情是否会越来越多，多到足以让我选择留在这里。

校内的停车位更难找，有些车位已经被铲出来的积雪覆盖住了。最终，我在离办公室两个街区外的一条绿树成荫的小路上找到了一个车位。我把衣服裹紧一些，为直面严寒做好了准备后才打开了车门。

当我迈出车的那一瞬间，我脚下一滑，摔了个四仰八叉，屁股撞到了一块冰上，肩膀和后背擦到了汽车的底部。车门挡住了我的视线，我的第一反应是*有人注意到了我吗？*但我不确定我是否想被人看到。

刺骨的寒冷渗进我的防水裤，疼痛从我的下背部蔓延到肩膀。我想站起来，但又怕滑倒。我能听到人们走路的声音和汽车经过的声音。我可以向他们求救。我可以去寻求帮助。但我只是抬起头望着天，天空像头顶的树枝一样灰暗。树枝在雪的重压下屈服了，朝我压了过来。

SNOWFALL 雪

一个念头冒出来，逐渐成形，越来越强烈。一年多来，甚至十几年来都没有过的想法：我要去找妈妈。

如果不是手机还在汽车后座的包里，我会立刻给妈妈打电话。我的妈妈，曾经是我的避风港，而现在她却不愿意接纳我了。

这一切都让我感到痛苦，我怀疑站起来会更痛。一想到要步行两个街区到我的办公室，我就又畏缩了。我觉得自己可笑。*站起来。起来，起来，起来。* 我在脑海中不断重复这个指令。我气喘吁吁地挣扎着跪在了雪地中。我爬回驾驶座，砰地关上车门。我发动汽车，打开暖气。我哭了，这哭声仿佛是从别处传来的。就像我从小手术中醒来的时候，发现附近有个女人不停地哭，这让我很恼火，但我没有意识到那个女人就是我自己。

我回过头伸手去够我的包，浑身生疼，我强忍着痛拿过包来。我拿出手机，找出妈妈的号码。我坐在那里，手指似乎要永远悬停在通话按钮上。接着，我切换到最近的通话列表，拨通了朗达的电话。我想在电话接通前就不哭了，但我做不到。

"莉莉,宝贝,慢点说。"她说,"我听不懂你在说什么。怎么了?"

"我讨厌这该死的雪!"

"好吧……"

"我讨厌雪。我讨厌冬天。我讨厌这个城市!我不想待在这里。"

一片沉默。接着,朗达叹了口气:"那你想去哪里?"

"我……不知道。"

"我想你知道答案。"

"我滑倒了。"

"什么?"

"我下车的时候滑了一跤,摔倒了。我没事,但……我差点就要给我妈打电话了。"

一片沉默。然后朗达说:"那敢情好。"

我想解释一下,这种想给妈妈打电话的冲动不过是一种原始的反应。我想告诉她,她也是我的家。现在,她是我的避风港,我也是她的。

但我说什么也无法改变我拥有妈妈这一特权:如果我

SNOWFALL 雪

愿意，我可以打电话给我的妈妈，她会接起我的电话，甚至还会安慰我，关心我，就像她对陌生人也会这样做一样。我至少能得到这些，而朗达不能。

"莉莉，如果你确定你没事的话，"朗达说，"我得回去工作了。"

新涌出的泪水刺痛了我的眼睛。"我没事。就这样。"

电话挂了，我把手机放回包里。我忍着疼，再次下车，跨过冰冷的街道。去办公室的路还不算太难走，但我能感觉到我的背部和肩膀上的伤一直在隐隐作痛。

开始上课的时候，我已经吃了三片泰诺。我往常都站着讲课，今天却坐在教室前面的椅子上。我教课的节奏应该比平时慢。但是我的学生们，十二位女生和两位男生，听得津津有味，似乎没有注意到我的变化。我告诉他们，他们是我这糟糕的一天里唯一的亮点。我敢肯定他们会感到很奇怪，但我想告诉他们我的感受。

后来，我去接朗达下班，她上了车，问我感觉如何。我告诉她我很好，我们在下班高峰时段的车流里缓缓前行。

她们的私生活

"莉莉……我为我之前说的话道歉——那句'那敢情好'。"

"没关系,宝贝。我懂。"

"我错了。我不能仅仅因为……仅仅因为有人伤害了我,我就伤害你,在你需要我的时候对你视而不见。"

我不知道该说什么。当我们驶进小区时,暴雪刚至。我把车停在车道上,又一次强忍着痛,慢慢地从车里走出来。我刚站稳就发现朗达正站在驾驶侧的车门旁边,手里拿着车钥匙。

"你先上楼去吧,我一会儿就回来。"她说。

"你要去哪里?下雪了。"

"我知道,没事的。"

"可是你要去哪里?"

朗达摇摇头。"你先进屋去洗个热水澡吧。好不好?"

我进屋,放了些洗澡水,尽量不为她而担心。我们的浴缸是有爪型支座的,和我妈妈家中的浴缸一样。朗达觉得我选择这栋房子是因为它有浴缸,也许她是对的。很多房子比这栋房子户型更好,环境也更好,但只有这栋房子有爪型支座的浴缸。我向下沉，水漫上我的后背和肩膀，我合上双眼。

我想这就是朗达在第一个暴风雪之夜的感受。我在风雪中行驶，而她在家中担心我的安危。她那天没有上班，待在家里等电工来更换房子里的一些插座。由于大雪和一场事故，路况很糟糕，所以当我回到家时，已经入夜了。朗达左右为难，不知道到底应该和我保持通话，确保我一路安好，还是挂断电话，好让我专心开车。接着，我的手机没电了，她也不必再为此纠结了。

我的手机现在充满了电，放在浴缸旁边的地板上。

我用小时候常玩的游戏来分散自己的注意力：我把双手涂满肥皂，摆出"okay"（好）的手势，充当泡泡棒，用嘴对着它吹泡泡。我的后背和肩膀的疼痛逐渐消退。我想象着它们正消失在这缸泡泡水里。

后来，我睡着了。醒来以后，我又加了些热水，看了看手机。朗达发来了一条短信：*我正在回家的路上*。我回复：*爱你*。她没有回复我。

当我再次醒来时，朗达正站在浴缸旁边，手里拿着一

她们的私生活

件我睡觉时穿的超大号 T 恤。

"你这后背看起来就像和熊打了一架……还输了。出来吧。"她说,"楼下有东西给你。"她脱掉了工作服,换上了一件抹胸太阳裙。自从我们搬到这里以来,我就再也没有见过她这样的打扮。我擦干了身体,跟着她下楼。

香气四溢,最先进入我的鼻子的是胡椒的味道,然后是各种香气:洋葱、辣椒、欧德贝海鲜调味料、扎塔兰蟹肉调味料的味道。

地上和桌上到处都是乱扔的杂货店袋子。厨房的桌子上铺满了朗达刚在超市里买的报纸。我妈妈总是把旧报纸存起来,盖在后院的野餐桌上。厨房的桌子和我妈妈的桌子一样,上面放着一小碗熔化的黄油、一瓶路易斯安那辣酱和一罐甜茶。

炉子上,汤锅里沸腾着的鲜红色汤汁,仿佛是一个盛满雪蟹腿、土豆和玉米粒的狂暴的迷你海洋。

之前,我们在有口皆碑的厚利海鲜店里买到过新鲜的蓝蟹,但它们只在周一清晨有货,而且几分钟内就被抢光了。

我转向朗达。她微笑着向我张开双臂。"这些是冻蟹，但这已经是治疗我们冬季忧郁的最佳良药了。"

就在那时，我听出了朗达在iPod（苹果随身听）上放的歌是DJ爵士杰夫和新鲜王子的《盛夏光年》。我大步跨进朗达的怀抱，抱着她在厨房里晃来晃去。螃蟹熟了，我们的脸也因咸湿的空气而湿透了。

朗达将一个装满螃蟹的铝盘放在桌子中间。我给我们俩倒上了些茶。

"虽然你并不需要得到我的许可，"朗达说，她走过来坐到我身边，"但如果你想给你妈妈打电话，我并不介意。我的意思是，不要因为我而不联系她。也许你想去看看她，花点时间陪陪她。她也有打电话给你，虽然不多，但这也说明她的生活里还留有你的位置。"

我试图从她的话中听出一丝无可奈何或自我牺牲的意思，但朗达只是实事求是罢了，她向来心口如一。

"宝贝。"我说，"妈妈留给我的空间还不够我们两个人一起搬回家住。"

朗达点点头,我们开始吃饭。

门外,漫天飞雪覆盖了我们的露台。这场雪一整夜都不会停。明天,我们还得铲雪。

HOW TO MAKE LOVE TO A PHYSICIST

如何与物理学家相爱

✦ 她 们 的 私 生 活

如何与物理学家相爱? 你要选圆周率日[1]那一天——π 是一个常数,也是一个无理数——但你需要提前数月做好准备工作。首先,你必须在一场 STEAM(科学、技术、工程、艺术、数学多学科融合的综合教育)会议中和他碰面。作为一名中学艺术教师,你要确保为艺术学科发声,使其不淹没在科学、技术、工程、数学等热门学科之中。但作为一名黑人女性,你也一如既往表现得像一位黑人代表一样。在数百人的会议中,他是第十二号与会者。在会议的第一天,当你坐着会议中心的自动扶梯上楼时,你注

---

[1] 圆周率日是庆祝圆周率 π 的特别日子。正式日期是三月十四日,由圆周率最常用的近似值 3.14 而来。

她们的私生活

意到了正在下楼的他。你借由他胸牌上的首字母缩写词试着猜测他所代表的学科。他的脸和短短的脏辫使你想到了"诗人"和"高中数学教师"。

在会议的第二天,你在一场"艺术教育和全球公民"的分组会议上看到了他。在会议开始之前,他正在与主持人聊天—— 一位贴着第十三号与会者标签的女性。你无意中听到他们早在二十世纪九十年代初在亚特兰大读本科时就认识了。他们两个的母校有很多共同联系人,他们承诺在大会结束前会再聚一次好好聊聊。你注意到她戴着结婚戒指,而他没有。

当分组讨论结束时,他注意到你的目光。他对你粲然一笑;而你也回以微笑。他走上前来,伸出手,自我介绍。他说:"埃里克·特曼。"但你听到的是"埃里克·塞尔蒙[1]"。你惊讶地瞪大眼睛,瞅了他一眼,因为你以为他在开玩笑,这笑话又冷又怪。

"不是,我叫埃里克·*特曼*。"他又笑着解释,"不是

---

[1] 美国知名嘻哈说唱组合 EPMD 成员之一。"塞尔蒙"(Sermon)与"特曼"(Turman)英文发音相近。

嘻哈组合 EPMD 里的那个人。"

"哦，这样啊。"你说，"我叫莱拉·詹姆斯。别和里克·詹姆斯混淆了。"

埃里克被逗笑了。"但是我也许会将你与莱拉——天琴座混淆，天琴座是夜空中最亮的星座之一。"

这样的恭维出乎你的意料，你可能不太擅长掩盖自己的感情。"所以你是……科学教师？"

他不是科学教师，也不是诗人。他是物理学家，也是美国物理学会教育计划委员会的主席。

你们就"艺术教育和全球公民"随意聊了几句。接着，他问你为什么来参会。你告诉他，你在一所中学里教艺术——雕刻、版画、绘画、纤维艺术、陶瓷。他问你能否共进午餐，再多聊几句。你答应了。然后你们一直聊到晚餐——他向你解释了美国物理学会教育计划委员会主席是做什么的，晚饭后你们去了酒店里的酒吧接着聊。之后你们又去了大堂的沙发上继续聊。你们各自分享了自己最爱的五位饶舌歌手。你们就疤面煞星与拉基姆谁才是嘻哈之王而争论不休。

你注意到他浓密的睫毛、宽厚的大手,右眉旁边有道小伤疤。当他几次掀起报童帽挠头时,你看到他的脏辫清爽光洁。

他谈及他的工作,这是他赖以谋生的工作。他研究天体物理学和宇宙学理论,对相关假设进行研究验证。"我梦想着能当个宇航员作为副业,不过美国宇航局没有理我这个老黑。"他耸了耸肩,"你呢?"

"我?"你说,"哦,我只有一份工作。"

"你的梦想呢?"

你深吸一口气,鼓起勇气向他透露你的梦想。"你知道勒布朗·詹姆斯创办的学校吗?我也想创办一所这样的学校。如果可以的话,我想在全国各地创办一系列这样的学校。但一开始,我会先试水一所学校,为整个家庭提供教育服务。这才是重中之重,你明白吗?"

他明白。不知不觉中,已经到了深夜。你们俩还挂着参会证。你们讨论出了公共教育面临的所有问题的解决方案,只差消除系统性的种族主义、废除现行的学校资助制度,以及数十亿美元就能成功了。埃里克拿出手机,计

HOW TO MAKE LOVE TO A PHYSICIST　如何与物理学家相爱

算了一番，记下了你给他的建议——关于艺术家、艺术作品、书籍、公立学校的宣传项目的建议。他好奇心十足且用心听了你说的每一句话。

凌晨两点十三分，他说："你精神还不错嘛。"但是你其实特别困，酒吧里播放的法国二十世纪七十年代中期的乐曲让你昏昏欲睡。现在已经是凌晨两点十三分了，但你想要继续和他聊下去，继续听他讲话。*也许你可以邀请他上楼？不，这样你们俩的关系就进展得太快了。*你觉得他不像是个连环杀手，但这不是症结所在。你只是不想让他认为你是那种随便的女人。你的母亲警告过你，不要成为那种水性杨花的女人，所以你没有成为那种人。你四十二岁了。

也许你可以约他明天共进早餐呢？不，这太冒昧了。

当你内心激烈冲突时，你一定看起来有点呆呆的，因为他说："最好还是让你先去休息吧。和你聊天真的很开心。"

于是，你们都站了起来，伸了个懒腰。可是之后你们还是站在那里，看着对方，没有动身离开。

"我希望我没有太唐突。"他开口,"你想一起吃早餐吗?"

如何与物理学家相爱? 会议结束以后,在回家的航班上,你总结了你们两个人所有的共同点:

·你受够了人们总问你为什么仍然单身。

·你关心孩子,但你自己不想要孩子。

·秋天是你最喜欢的季节。

·你不喜欢泰勒·佩里,而且你也不喜欢别人坚持要你喜欢他。

·你们俩的视力都很差,在童年时期都有为此受到嘲弄的经历。("你的镜片这么厚,都可以当预言水晶球了。"这是这些年来你最喜欢的一句嘲弄。)

·你最喜欢你的大姨薇薇。

·王子与迈克尔·杰克逊之间,你更喜欢王子。

在剩下的几天会议中,你每一顿饭都是和他一起吃的,你们两个接连数小时谈天说地,但你还有很多事没有说出口。比如说,你在高中、大学、研究生阶段各有一位

HOW TO MAKE LOVE TO A PHYSICIST 如何与物理学家相爱

恋人；又例如男人们是如何对你挑挑拣拣的，而你虽然为这些恋情倾注了多年青春，身体上却从未感到自在——这是你在心理医生的帮助下表达出的感受。你没有告诉他，你对每一段感情都不离不弃，直到那些男人为了别的对自己的身心都更为满意、自信的女人而离开你，当然她们也比你更漂亮些。

你没有告诉他，虽然听起来有些老套，但你更愿意通过你的艺术创作与他人进行交流。你将自己的绘画作品装裱一新，作为礼物送给朋友，或挂在自己的家中。但近来，你更多地将自己的精力倾注到学生身上，这样似乎比投入人际关系中更安全。

你没有告诉他，几十年来，你如何接连失去了你所有的好朋友。她们步入了婚姻，成了母亲，你们的友情只能靠孩子的生日派对及少有的聚会来维系。

你没有告诉他，除了偶尔在网上调调情，或者和一个偶尔处于空窗期的童年时期的朋友搞搞暧昧，你基本上长年累月都处于单身状态。

也许之后你的心理医生会问你为什么要向一个刚认识

她们的私生活

的男人说这些私密的事。你明白她的意思,但你也不知道个中原因。也许你是那种认识之前需要先宣读一番警告和免责声明的女人。

你隐瞒了一些个人经历,埃里克可能也有所隐瞒,哪怕只有一点点,那也了不得。所以,当飞机降落时,你已经想清楚了,你永远无法了解真正的他,甚至无法确定他对你说的话是不是真的。在行李提取处,你决定把这一切视为一时冲动,他回到自己的生活,压根不会记得你。你也应该如此。一念及此,你就从手机中删除了他的号码。

那天晚上,你回到家里,躺在床上,给数学系和科学系的同事发了一封长长的电子邮件,详细说明了你希望在下一个学年与他们进行合作的意愿。

如何与物理学家相爱? 你拿出铅笔,凭记忆勾勒出他的脸。你和心理医生谈起他,说他把你忘得一干二净。但其实他给你打电话,你不接,他给你发短信你也不读。因为你不擅长处理这种事。

"哪种事?"你的心理医生问。

"男人。我和他们总是相处不来。"

"但你画下了他的脸,还和我谈起他。这又是为什么?"

"因为我们一同度过了一段美好的时光,仅此而已。"

"那他为什么还要给你发短信?"

"他只是人很好。"

她偏了偏头——在反驳你之前,她总是会做出这个姿势,像是在说"*得了吧,姑娘*"——问道:"有些事可能会有个好结果,但你总是想方设法逃开,这件事是不是也是一样?"

如何与物理学家相爱? 他发来的短信你还是会看,但你没有回复他。他已经连着好几周给你发来短信了,丝毫没有退缩的意思。他问候你,告诉你他的近况。他向学校董事会提出了艺术与科学夏令营和家庭旅游的建议。他向你给他提供的灵感表示感谢。

那是一个礼拜日,礼拜结束后你从教堂出来,去妈妈家吃晚饭。他给你发来一轮深橘红色落日的照片。标题是

她们的私生活

"有史以来最美的光线"。直到妈妈问:"你笑什么?"你才意识到自己在微笑。比起好奇,妈妈语气中更多的是怀疑。这个女人每周都坚持给你打包足够十个人吃的剩菜,然后还问你什么时候开始减肥,好结识新的男朋友。她上一次看到你微笑是什么时候呢?

你回到学校为新的学年布置教室时,在传达室的邮箱发现一个埃里克寄来的包裹。你很好奇他是怎么知道在哪里可以找到你的,然后你记起学校的名字就印在你的参会证上。他给你寄来了一本图册:《总观:新视角看地球》。书里收录了两百多张令人惊叹的地球高清卫星照片,这些照片聚焦于人类是如何改变地球的。这本书得名于"总观效应",以宇航员般的新视角俯视整个地球,给人以一种压倒性的敬畏之情。佛罗里达的郊区规划鸟瞰图是彩色的马赛克图案。戴维斯–蒙森空军基地的飞机坟场里的公务飞机和军用飞机,看起来像一系列美洲原始居民使用的弓箭箭头。荷兰的郁金香田看起来像是纤维艺术。

你将这本书放在教室图书馆的显眼位置。接着,你给埃里克发了一条短信:*谢谢你的书。太棒了。*

然后,你回复了他上一条关于他学校的董事会全额批复他夏令营提案的短信。"*恭喜你通过提案!*"你写道。他回复:"*不客气!还有,谢谢你。*"

那天晚上,你将他寄来的图册从头到尾读了一遍。第二天晚上,你又开始画画了。你很晚才睡,重新找回了你的生活节奏。

周末到了,你给他打了电话。也许是因为你真的不喜欢发短信,也许是因为时机成熟了。他立刻接起了电话。他没有问为什么你那么久才联系他。你打来电话,他非常开心。你们俩都有些激动语塞。

你说了很多话。你问他夏令营提案的事,聊了聊彼此晚餐要吃什么,周末有什么安排。你谈到托妮·莫里森最新的纪录片以及她对每个人的意义。你谈到生命里的缺憾。

后来你们每天都会聊天,通过视频线上约会。实际上,和他的视频约会比你经历过的任何线下的真实约会都要好。你们一起追剧,一起做饭,一起喝酒,看彼此洗衣服,日日夜夜地长谈,从深夜聊到清晨。

她们的私生活

有时你在黎明前醒来,他还没有挂电话。他熟睡的脸填满了你的手机屏幕。于是,你又舒服地窝在床上,你的呼吸与他的同步,你再一次坠入了梦乡。

如何与物理学家相爱? 问他是否相信上帝。问他是否认为科学和宗教能够和平共处。

"物理学原理是支持上帝这个概念的,因为从理论上来说,这一切不可能从虚空中而来。"他说,"一定是有什么创造出了这一切的。除非你相信我们的存在是恒定的,没有大爆炸,宇宙没有起点。我不知道其中的机制是什么,但一定存在某种更高的能力。所有这些能量一定是有源头的。"

"哦。我以为你是无神论者。"

"就连爱因斯坦也不是无神论者。"他说,"他经常谈起上帝。他只是不相信一个类人的神,这是教会的执念,也是基督教会利用内疚和羞耻来强制传教的方式。"

"你不认为上帝会关心我们如何对待彼此和地球吗?"

"人类如何对待彼此和地球非常重要。但是没有教会的管辖，人类依然会善待彼此，善待地球。我把《圣经》从头到尾研究了一番，我发现其中很多内容的意义都取决于翻译和解读。我成长于天主教家庭，我喜欢天主教的种种仪式。但我逐渐意识到信仰一个人格化的神并不是不可或缺的，至少对我来说不是。"

你问："那天堂呢？"但你实际上想问的是，*那地狱呢？*

"天堂怎么了？"

天堂——上天堂，而不是下地狱——是循规蹈矩的生活的全部意义，不是吗？每当谈到审判日时，你的母亲总是满怀期待，当最终清算谁有权迈入天堂之门时，她确信上帝会做出公正的审判。"只有非常少的人才能上天堂，"她喜欢这样说，"只有行得端坐得正，严格遵守戒律的人，才能见到神的真容。"

你意识到，如果上帝欢迎所有人进入天堂，你的母亲就会立即放弃信仰基督教。

你不知道该如何回答埃里克关于天堂的问题，听起来你好像在引用一个关于善恶、奖惩的童话故事。

她们的私生活

你陷入了沉思。你想到你的母亲和她所依附的上帝，那是一个缩减版的上帝，也是你所了解的唯一版本，同时也是你不敢放弃的版本。然后你想到自己和埃里克的日常通话又何尝不是一种宗教仪式？当你们终于再次见面时，这行为本身可能就是一种朝圣。你对未来既兴奋又恐惧。恐惧是因为在你所了解的宗教版本中，它对你的要求总是比你能给予的多得多。

"我觉得人们能够在日常生活中就拥有天堂。"你说。

"我也这么觉得。"埃里克说，"每当我看到你微笑时，或者听到你谈论你的学生时，又或者你只是安静地画画，或……叠毛巾时。"

"天堂是看我叠毛巾？"

"好吧……也许是你在叠床单。奇迹比比皆是。"

如何与物理学家相爱？ 你邀请他在开春时参加你在当地画廊的第一次个人艺术展。艺术展将展出你受《总观：新视角看地球》、鲁米、《古兰经》，以及重读莫里森的《所罗门之歌》的影响所创作的一系列色彩缤纷的抽象画。

HOW TO MAKE LOVE TO A PHYSICIST　如何与物理学家相爱

你将艺术展命名为"有关爱的一切,我说",这是鲁米在《玛斯纳维》中写的一句诗。你迎来了你创作的高峰期。

距离展览还有三个月的时间,你已经开始想象你的母亲在画廊里走来走去,小声嘀咕着:"这画的是个啥?"就像你在家中,她会不打招呼就闯进你的卧室或工作室。你从未将自己的画作装裱起来作为礼物送给她。你送她的礼物一直都是香水和珠宝。

你问你的心理医生,不邀请你的母亲参加展览是否有错。她用一个问题回答了你的问题:"你希望她出现在你的艺术展上吗?"

"老实说,答案是否定的。"

"那就不要邀请她了。"

你沉默了片刻,过了一会儿,她问:"听到我这么说,你感觉如何?"

"我很害怕。"

"你怕什么?"

"一切都让我害怕。"

如何与物理学家相爱？ 你开始做关于他的春梦，栩栩如生的春梦宛如近在眼前。这是你有生以来第一次渴望性。第一次，你对男人的身体感到好奇，好奇你在他之上和之下的感受。

但是你又想到自己过往的性经历，以及你是如何不得不隐去自我才能忍受一切的。你始终想着自己的肚子和大腿，希望自己疏离一切，成为另一个人，想象着他也希望如此。对你来说，性只是一种被抚摸的方式，一种达到目的的手段。你真正想要的只是被抚摸。但男人总是想要更多。

埃里克，像其他男人一样，最终想要的会更多，直到超出你的极限。他会因为你之前对他的引诱而对你感到失望，甚至对你产生厌恶之感。

所以，你做了有生以来最痛苦的一个决定：再次将他的号码删除，而且这一次，你还屏蔽了他的号码。

如何与物理学家相爱？ 忘记家庭对你的教导，脱下母亲要你穿的紧身褡，还你的肚子、屁股、大腿以自由。哪怕上帝禁止你无所束缚。哪怕上帝禁止你软弱无节。

裸睡。

这都是心理医生的主意。起初你对此持怀疑态度，并感到抗拒。但她拜托你就听她一次，能有什么坏处呢？的确，你想不出裸睡能有什么坏处。

你洗了一个长长的香喷喷的热水澡，用水冲了冲嘴巴，好好漱了漱口。你冲干身上的泡沫，迈出浴室，身子还是湿漉漉的，你将薰衣草精油从头到脚细细抹了一遍。现在还是冬天，所以你裹着毯子探索自己的身体。你用双手细细研究自己的身体轮廓和曲线，探索身体的每处起伏。你不加评判地考察自己，取悦自己，慢慢地品味和发掘自己的喜好。日日夜夜如此。

在周末，你睡了个懒觉，起床以后为自己做了一顿丰盛的饭菜——没有便当，没有罐头，没有快餐。你做了蟹肉甘蓝煎蛋卷、烤红薯、海鲜意面、姜黄南瓜汤、焦糖抱子甘蓝、烤甜菜沙拉配山羊奶酪、椰子咖喱、惠灵顿牛肉。

你做饭、画画、打盹，在夜晚抚摸着自己入睡。

她们的私生活

当你与自己的身体熟络起来以后,你变得勇敢起来。你第一次没有穿紧身褡去教堂礼拜,仪式结束后你的母亲在停车场狠狠地批评了你一通,但你没有退缩。她质问你为什么不穿紧身褡,为什么你不按照三十年来她教你的方式生活,你如何胆敢穿成这样走进主的圣殿。你的母亲抱怨现在来教堂礼拜的女性都不甚检点,连内裤线条都清晰可见,简直是造孽。她提醒你,你可比这些人有教养多了。

你说:"我受够了时刻屏息静气的生活。"然后你保证你不会再穿成这样去教堂了。你的确信守了自己的诺言,因为你再也不会去教堂了。

如何与物理学家相爱? 你送给他一幅装裱在银质画框里的画以表歉意,画中正是你笔下的他,这样的画你画了很多。他没有立刻回应。对此你坦然接受,你知道自己逃走、消失对这段关系所造成的风险。当他再度联系你时,你们两个人都沉默了许久。直到你说:"我必须那么做。为了我自己。之前我不知道该如何向你解释个中原因,现在我也不完全确定该如何向你解释。"

HOW TO MAKE LOVE TO A PHYSICIST 如何与物理学家相爱

"但我需要你做出解释。"他说,"如果我们要在一起,我需要你为了我们做出努力。我保证我永远不会做任何让你后悔曾为我们做出努力的事情。"

你试着回忆上一次有男人对你做出承诺是什么时候。你发觉这不重要。因为眼前的这个人正向你做出承诺。这才是最重要的。

如何与物理学家相爱? 三月十三日,他来镇上的前一天晚上,你熬着夜,连续播放着老式嘻哈和节奏蓝调(R&B)音乐视频,你们俩喋喋不休地谈论着如果斗舞的话谁会输得很惨,谷歌搜索你们俩的星座契合程度——你是处女座,他是水瓶座,你大笑,有些晕晕忽忽的。

圆周率日到了,在他去机场的路上,你冲了个澡。他的航班要六小时才能降落(包括中途停留),这六个小时对你来说就像是永恒一样漫长。他从机场走到你停车的路边这段路仿佛朝圣之路一般漫长。你想象他亲吻胜百诺比萨店的西墙,对着肉桂卷店哭泣,在安缇安蝴蝶饼店门前留下祭品。

她们的私生活

他把行李放进你的后备厢,合上盖子,转身对你说:"终于见到你了。"你说:"终于见到你了。"他把你拉进他的怀抱,吻了你。他的嘴唇和你想象的一样柔软。

在你家,你做了煎蛋卷和自制薯条,他都吃掉了。他的胃口非常好。最后,即使你们俩都已筋疲力尽,缺乏睡眠,但肾上腺素还是飙升着,你们开始斗舞,他输得落花流水。这个男人嘴上说着自己多么厉害,其实根本不会跳舞。

"我有什么奖励?"你问。

埃里克把你拉到沙发上,再次吻了你。"所以我们两个都赢了。"你说,"这是给你的参与奖。"你继续亲吻他。你想,*上帝啊,让他就是永远吧。*

你们俩都开始打瞌睡。在某刻,你醒过来,头靠在他的腿上,脑海里思绪万千。你想到明天就是你的艺术展开幕的日子。你想象在他欣赏你的作品时,自己在画廊的那一头看着他;你把他介绍给你的朋友、同事、学生,还有你的妈妈。你觉得即使你们只有这短短几天的缘分,那也没关系。但是你听到你心理医生的声音,她在问你现在的*感受*，而不是你的思考。你一开始很难找到合适的词来形容自己的感受，接着，你明白了，你感到*温暖、充满希望、快乐、充实*。

埃里克抚摸着你紧皱的眉头，你放松下来。你说："鲁米说：'情人们并不最终相遇于某处，他们一直在彼此心中。'你觉得对吗？"

"我不知道。"他说，然后打了个哈欠，"听起来像是一个神秘主义者对命中注定的爱情的看法，我不相信命运。"

你有点泄气。你希望他成为你为之等待的那个人，你希望他也能感受到你出现在他生命中的必然性。你想成为他命中注定的恋人，而非一个可有可无的选择。你想要一种新的宗教。

你责备自己想得太远——那么快就退回到二十世纪八十年代歌词中的爱情。

但接着，他说："银河系中心的超大质量黑洞曾经突然在两小时内增亮了七十五倍，这一亮度是近二十年来监测到的亮度峰值的两倍。"

她们的私生活

直到现在,即便你已经习惯了他谈起科学,但你还是不明白他为什么提起这些。

"有一个理论是如此解释的,"他继续说,"这是因为一颗比太阳大十五倍的恒星靠近了黑洞边缘,扰乱了一些气体,导致黑洞温度升高,来自黑洞边缘的红外辐射增加。其实,在大约一年前,我们就观察到了那颗恒星正在接近黑洞,但我们当时还不了解它对黑洞的影响。"

"这表明宇宙之大,恒星与黑洞之间的距离之远。"你说。

"的确。这里涉及两个距离,恒星与黑洞边缘之间的距离,以及黑洞与地球之间的距离。其实……我说了这么多只是想说明,早在火花闪烁之前,火种就已等候多时了。命运也是这样吗?我不知道。但我知道罕见的、灿烂的大事都需要时间。"

他叹了口气。"这就是为什么当你不再回复我的信息时,我没有太难过。我想如果你真的想让我不再打扰你,你会直说的。但你没有这么说。不过这一次你又不告而别,我确实有点不知所措。但,"他耸了耸肩,把你拉得更近了,"我想你这么做一定有你的原因。"

如何与物理学家相爱? 他解开你的衬衫并问道:"我们是要一直坐在这儿谈论鲁米和黑洞,还是把衣服都脱了?"你回答:"都要。"

你站起来,脱下你的裙子和内裤。"鲁米写的是对上帝的直觉之爱,他是穆斯林。"你说,"但人们欣赏他的作品的时候喜欢将伊斯兰教从中剥离出来。"

他的手抚过你的大腿、乳房,还有你不再紧绷着的胃。

如何与物理学家相爱? 全心全意的你,颤抖着,舒适并无所畏惧。

JAEL
雅亿

她 们 的 私 生 活

我觉得牧师的妻子在加入教会前一定是个怪胎。她皮肤黝黑,头发又长又浓密,在来教堂时,她总在黑色帽子下将头发盘成一个发髻。她的帽子又宽又大,插着羽毛装饰。有时她会戴一顶深蓝色的帽子,在复活节的时候会戴一顶白帽子。但我敢打赌,她在十四岁时,也和我一样一身非裔打扮,穿着紧身喇叭裤,就像《美好时光》中的塞尔玛。我之所以这样推测,是因为她眼波流转的神态,看起来一点也不虔诚,仿佛她想起了多年前的趣事。她总是似笑非笑,仿佛她的秘密之中还藏着秘密。她厚厚的性感嘴唇,是男人喜欢的样子。吐温说我的嘴唇也是这样。滚他的。大家都称牧师的妻子为

她们的私生活

"萨迪修女"。但在我的脑海中，我称她为"甜美萨迪"，就像在我们小时候，卡谢尔的妈妈经常播放的那首歌一样。但萨迪女士可没有什么甜美之处。她穿得人模人样的，和她那半只脚都快迈进棺材的牧师丈夫站在一起，西装笔挺，扣子系得严丝合缝。甜美萨迪年纪不大，大概四十岁，但她的丈夫得有一百零五岁了。她的身材让我想起了卡谢尔的叔叔房间里摆的唱片封面。俄亥俄球员乐队、湖边乐队、差距乐队、疯克德里克乐队。他们的封面女郎，或真人或卡通，都是大胸妹，穿着大长靴，嘴唇又厚又性感。甜美萨迪想用教堂礼服隐藏住自己的"波涛汹涌"。但是我敢打赌，在她遇到老牧师之前，她一定也穿过超短裤。她也许能够骗过教会的人，但她骗不了我。我知道，西装之下的她拥有完美的身材，我希望我能看一看。

JAEL 雅亿

我妈妈过去常说："别乱找东西，说不好会找到什么。"但不久前，当我走进我曾外孙女的房间，给她换换床单和翻翻床垫时，我并没有试图去找什么。我真的没有。我只是想给她的房间通通风之类的，而且每年我都会帮她翻两次床垫，然后调好家里的钟表，并按照指示更换烟雾探测器中的电池。所以我掀开她的床垫，看到了她的日记本。起初，日记中并没有什么内容，只是写了一些学校里她不喜欢的人，以及不喜欢她的人。像是哪些教师很刻薄，哪些教师挺有趣的。我并不赞成她在日记里所用的一些词，但是相较于此，日记中的另一些内容更让我震惊。那些内容描述的是不正常的、让我心碎的事。即使我一心引导着她终身向善，她依旧没有得到上帝的任何庇佑。就日记的内容而言，她似乎早已偏离了上帝的指引。

她们的私生活

卡谢尔告诉他,我们已经十六岁了。这个谎言对我来说更为夸张。毕竟卡谢尔上周刚满十五岁,而我还要再等六个月才满十五岁。但他可能根本就不在乎我们的实际年龄。他声称要带我们到他家后院去煮螃蟹,就我们三个。卡谢尔说她有点害怕,因为他已经三十五岁了。但她还是会去,因为他看起来很可爱。她说,他很像时代乐队中的莫里斯·戴。她从《紫雨》起就爱上了莫里斯·戴。那部电影上映以后,她拉我一起去看了四遍。我喜欢同在电影中出镜的王子乐队,卡谢尔同时爱上了王子乐队和莫里斯·戴。她说浅肤色的黑人让她"性奋"。对我来说都无所谓。黑人就是黑人,无论是浅肤色还是深肤色;十五岁、二十五岁、三十五岁;对我而言都一样,都一文不值。但卡谢尔不撞南墙不回头,那个三十五岁的黑人还有煮螃蟹的邀约都让她躁动不已。他还说要带我们去海滩,她可高兴坏了,她明明知道我不喜欢海滩,我只是想去看看他那座大房子里面什么样，看看他有什么好东西。

我希望我能去甜美萨迪的家看看……当然，是在老牧师不在的时候。

我不知道该怎么和这个孩子说。如今的小孩子……和我们当时完全不一样。我怎么说才能不让她垮着脸？哪怕一点小事都能让她生气。我让她把自己的东西收拾好，至少把盘子放在水槽里，把被子叠好，把脏衣服放在篮子里。然后她就生气了。我说点什么她就立刻翻脸。她一言不发，或者对我的话置若罔闻。

我只知道，救赎这个孩子的唯一方式就是将她交给主。我为她祈祷，日日夜夜。

她日记里的内容越来越糟糕，我真希望我知道该说些什么来教导她。我祈求上帝抚摸我的嘴，让我拥有能与她沟通的语言，也祈求上帝抚摸她的耳朵、心灵和思想，让

她们的私生活

她能听进去我的劝导。

因为上帝知道，我不想家中出现任何可憎之物。

但如今的这些孩子与我们不同。我们尊重长辈，不会无礼顶嘴，我们按部就班，有求必应。我们不会说，"等会儿再去……"，我们无须家长反复提醒，不然就等着吃妈妈的巴掌吧。

但我不会再打孩子了。十四年来，我打她的次数屈指可数，我也不让别人打她。在她还是个小不点时，她母亲和她那个爱惹是生非的父亲动不动就大打出手，我受够了。这也是如今她与我这个外曾祖母相依为命的原因。所以若非必要，我不想打她，但她的所作所为……不爱听的话她都当作耳旁风。在她小时候，我编了一个小细鞭子，把她的腿抽破了皮，她都不会出现我预期的反应，好像她根本就感觉不到疼似的，不哭不闹。在她六岁时，有一次，我用细鞭子抽了她的腿，而她只是看着我……她的表情让我浑身发凉，我赶紧拿起一本《圣经》。"我已经给你们权柄可以践踏蛇和蝎子，又胜过仇敌一切的能力，断没有什么能害你们。"《路加福音》10：19。

JAEL 雅亿

我在我的《圣经》前，双膝跪地，为这个孩子祈祷。我感谢主，使她没有像她的朋友们那样绝食减肥，成天跟在成年男子的屁股后头。但她也并不对劲。每周日的主日学校放学后，她和我一起在教堂里服务。每周三晚，她参加《圣经》学习班。可是她只是坐在那里，一言不发。光是看着她，你不会发现任何异常。她外表甜美，大家觉得她只是不太爱说话。但是她的内心、灵魂、思想……并不与上帝一致。她内心深处有着一场战争。我在我的《圣经》前，双膝跪地，为这个孩子的灵魂祈祷。"因我们并不是与属血气的争战，乃是与那些执政的、掌权的、管辖这幽暗世界的，以及天空属灵气的恶魔争战。"（《以弗所书》6：12）。

今天甜美萨迪在教堂跟我说话了！她问我过得怎么样，外曾祖母过得怎么样。我告诉她我们都很好。她的神情中充满了人们惯常的那种对父母双亡的孤女的怜悯，对此我甚至都不怎么介意。唉，我真讨厌这副表情，

她们的私生活

但这副表情在甜美萨迪脸上却不那么惹人厌,她看起来像是真的在关心我们。

她的这一点倒还是让我满意的:我未发现她与男孩子们牵扯不清。男孩子们不会像对她妈妈和她妈妈的妈妈(也就是我女儿)那样,围着她们转悠,愿上帝保佑她们的灵魂。前几天我在街角的商店买古迪可可粉,无意中听到结账队伍中的两个小伙子在谈论她。他们要么没有看到我,要么不知道我是她的外曾祖母。一个人对另一个人说:"我哥们儿告诉我有个女孩把杰狠狠揍了一顿。"

另一个说:"不是杰,是他的小弟弟吐温。事情可没那么简单。那个雅亿,住在珀金斯的那个浅肤色小黑娘儿们,简直是疯了。吐温说,自从他们上小学以来,要是有男生想要摸她屁股,她就动手打人。那么多年,她和她身边的男孩子们都水火不相容。所以他想,她一定是喜欢女孩子,对吧?"

JAEL 雅亿

"哪种喜欢?蕾丝边[1]那种?"另一个人说。

"是啊!"然后他压低了声音,但我还是能听见,"其实她挺好的,你知道吗?其实我在这附近撩过她几次。"

这两个臭小子大概已经三十岁或三十五岁了。真是些下流坯子。

"那天我、杰和吐温站在商店门口,"他说,"雅亿和她的朋友正一起沿着远处人行道走过来。吐温以为她不会在我们都在的情况下揍他,对吧?"

"对对对……"

"吐温喊她名字,她不理他,径直走了过去。他接着喊,叫她蕾丝边,跑到她身后摸了一把她的屁股。妈呀,她拿着一个瓶子就转过身来,朝墙上一砸,然后把碎瓶子抵到了他的喉咙上!"

"这娘儿们疯了,哥们儿。"另一个人说。

然后第一个家伙说:"我都没看到那个瓶子!它就那么凭空冒出来了!因为她的朋友也在——那个大胸妹,拉

---

[1] "Lesbian"的音译,意为女性同性恋。

谢尔？卡谢尔！——所以她没有刺伤吐温。卡谢尔开始尖叫'他不值得你这样做！他不值得！'，但是老兄，她真敢动手的。雅亿疯了。"

没错，宝贝。让他们觉得你疯了，让他们认为你不喜欢男孩，即使在上帝眼里，这也并不正常。但至少他们不会再骚扰你。

但是，也许她真的疯了。

他们都说，坏种会隔代遗传的。我的女儿亭纳和雅亿一样。她有一双似乎要把你看穿的眼睛。她最好的朋友，一个名叫格洛丽亚·梅的女孩，漂亮又甜美，可惜被火车撞死了，亭纳从未为她流过眼泪，一滴泪都没有。她们两个在铁轨上玩——我再三警告过她们别在铁轨周围逗留——可怜的格洛丽亚·梅没有及时避让迎面而来的火车。十六岁……主，让她的灵魂安息吧。你以为亭纳会因为朋友的死而难过，尤其是她朋友惨死在她的面前，但亭纳并没有难过。她没有受到惊吓，她只是多年来浑浑噩噩，将自己封闭在自己的世界里，直到上帝把她带走。二十四岁那年的一个雨天，她从沃尔沃斯超市下班回家，途中被闪电击中了。虽然我苦口婆心地劝她不要在暴风雨天气出门，出门至少要打车，我会付车费，可她偏不。她死后十年，雅亿出生了，雅亿和她的性格简直像一个模子刻出来的。

还有雅亿的母亲基土拉，她和这个世界格格不入。自她六岁起，我就开始抚养她，那时亭纳去世了。我尽我所能教育她。但最后，她被雅亿的父亲殴打致死。他甚至还不是她的丈夫，只是个不知从哪儿冒出来的人渣。

雅亿这个胖宝宝就这样来到了我家，她满头鬈发，眼睛像纽扣一样明亮。就像我的亭纳一样，她有一双似乎要把你看穿的眼睛。就像我的亭纳一样，我倾尽所有为她付出。她爸爸的恶行和她妈妈的惨剧我都瞒着她。我是她所知道的唯一的"母亲"，但她对亲情一无所求。

我试着与基土拉或雅亿一起做些我的妈妈会教我做的事。我教她们煮饭、烘焙，如何洗衣物，如何铺床，如何打理自己。基土拉学得很认真，她喜欢烘焙和炸鸡，还喜欢在厨房帮我做事。她笑意盈盈，从不顶嘴。她是个好女孩。但后来，那个人出现了，把她从我身边夺走了。

雅亿不一样。在大多数情况下，她会做饭、打扫卫生，做我要求她做的任何事。但她那双明亮的眼睛里却并没有喜悦，即使在她小的时候也是如此。就好像她的身体在一处，她的精神在另外一处一样。她一直都是这样。如今，她有时会来我的房间和我一起看连续剧。她喜欢电视剧《年轻和骚动不安的一族》。有时候周五晚上，她会和我一起看电视剧《家族风云》和《鹰冠庄园》。但大多数晚上，我必须想方设法才能让她坐下来和我共进晚餐。她活在自己的世界里，把我拒之门外。

好吧，至少她从不给那些男孩好脸色看，不像她那个放荡的朋友卡谢尔。雅亿对那个被卡谢尔称为"莫里斯·戴"的高调的、到处招惹年轻女孩的男人并没什么好印象。我了解这种男人。主啊，我太了解这种男人了。他们的套路层层叠叠，他们让你觉得你像是示巴女王，让你感觉你是独一无二的。你说"停下"，在他们听来就像是"开始吧"。

我的老邻居梅贝尔小姐以前常在她的前廊对我们大

JAEL 雅亿

喊:"不要让男孩子给骗了。"当时,我们只是认为她是一个疯狂的老太太,不想让我们享乐罢了。

但她明白。她真的明白。只不过我们不听。我有时会想,如果我听了她的话,事情会怎么样。可能就没有亭纳,没有基土拉,没有雅亿。世界上只有我。我会做什么,我不知道。

算了,反正雅亿没有和我提起过吐温,或是这个"莫里斯·戴"要煮的蟹。但她本就什么都不告诉我,她想做什么就去做了。

如果你为男人口交过,你还能得到救赎吗?我只是好奇而已。我不在乎口交,也不在乎能否得到救赎。拐角处的特蕾西经常给男人口交。但她什么不干呢?你不能拿她做例子。卡谢尔的叔叔有一个白人女朋友,当他们以为大家都睡了时,卡谢尔经常看到他们在后门廊上做这件事。卡谢尔说这很恶心,她永远不会这样做。卡谢

她们的私生活

尔总说些她永远不会做的事情。我问她喜不喜欢女孩。也许她想和女孩做一些事情。她生气了,说这不好笑。我说我没有开玩笑。即使她喜欢女孩,我也不会感觉困扰。但她听不进去,只是摇摇头,开始哭着说她是个好女孩。卡谢尔是个爱哭鬼。如果我不在她身边,她会受到更多骚扰。话说回来,今天在教堂,老牧师讲,如果你想上天堂,你必须得到救赎,并放弃肉身罪恶的享乐。似乎得到救赎的人除了谈论得救、抱怨原罪、去教堂之外,没有别的什么爱好。教堂无聊得要死,我只能看着甜美萨迪,想象她性感的身体和她神秘的过往。

我需要一个神迹。我想要遵守神的旨意。但哪件事更糟糕?是雅亿不去教堂,还是她带着罪恶的念头来?本周《圣经》学习的内容是:"他们既然故意不认识神,神就任凭他们存邪僻的心,行那些不合理的事;装满了各样不义、邪恶、贪婪、恶毒,满心是嫉妒、凶杀、争

竞、诡诈、毒恨，又是谗毁的、背后说人的、怨恨神的、侮慢人的、狂傲的、自夸的、捏造恶事的、违背父母的、无知的、背约的、无亲情的、不怜悯人的。他们虽知道神判定行这样事的人是当死的，然而他们不但自己去行，还喜欢别人去行。"（《罗马书》1：28-32。）

这说的不就是雅亿吗？争竞、诡诈、毒恨，而且不听话！如果你有意犯下罪孽，又冥顽不灵，上帝就会让你有一颗可憎的心。周三晚上，当夏普执事解释这段经文时，我用余光瞄着雅亿。起初，她的脸上是一副茫然的表情，但随后她微微一笑。有那么一瞬间，我以为耶稣听到了我的呼喊，在她心里创造了奇迹。但我顺着她的目光看过去，发现她正在对萨迪修女微笑！就像《圣经》说的那样：邪恶、无亲情的。这正是我所目睹的！但我不认为其他人也会发现，在他们看来，这可能只是一个纯洁的微笑，因为他们不了解我所知道的事，她在那本日记中写下的关于萨迪修女的那些难以启齿的事情。

萨迪修女此时碰巧抬起头，对雅亿笑了笑。我不会责怪萨迪修女对一个孤儿的礼节与友善。耶稣说，要抚养孤儿寡妇。但我知道，即便是我的救世主，也不会赞同这个孤儿的想法。

所以，当时我就下定了决心。只要我有一口气在，我就不会再在礼拜日早上叫醒她，让她去教堂，也不会在周三晚上敦促她学习《圣经》。我不会让她在大圣浸信会教堂里产生邪恶的念头。

我只是希望主能明白，我为何不让她进入他的圣殿。

我不喜欢"莫里斯·戴"。原来他的真名是杰米，好多女孩也叫这个名字。我不知道哪个名字更糟糕，"莫里斯·戴"让我想起了广告中那只挑剔的猫，莫里斯。仔细想想，他确实有点像一只黄色的虎斑猫。他有着灰色的猫眼和胡须。他的胡子不甚茂密，和我同年级的男生的胡子也许都比他的胡子更浓密。他和真正的莫里斯·戴相比可差远了。而且他抽烟，所以他的气息很难闻。他的房子也没什么特别的。虽然有两层，但房间很小。他称他的

房间为佛罗里达房间。而在我看来,这个房间更像是一个客厅。房间里塞满了他母亲的遗物。他妈妈品位很差,她喜欢制作陶瓷猫。我数了数,起码有他妈的五十只陶瓷猫。不过螃蟹很好吃,是我喜欢的口味,又辣又咸,大块的蟹肉丰满可口。外曾祖母做的螃蟹一点都不好吃,软烂无味,不值得花费精力剥壳,再说,她还老是买一些小不点的螃蟹。

"莫里斯·戴"——杰米买的大螃蟹一打八美元。当他把它们扔进锅里时,卡谢尔躲到了我身后,好像她害怕似的。他用钳子抓住一只螃蟹,像是要把它放到她身上一样。她尖叫着跑上楼。杰米抓着螃蟹追着她跑。过了一会儿,我以为卡谢尔会跑回来,但她没有。于是我就上楼了。螃蟹从楼梯上向我爬来。我把它踢回到一楼,螃蟹落地时,我听到了咔的一声。我一转身,卡谢尔正从其中一间卧室里出来,笑得像个白痴。杰米在她身后,手里还拿着那个愚蠢的钳子,汗流浃背,像个疯子。我们在后院吃着螃蟹,他都一直大汗淋漓,如此油腻和恶心。他不停地说一些不好笑的笑话,但卡谢尔笑得很大声,就像他是埃

她们的私生活

迪·墨菲一样。

后来,在我和卡谢尔走回家的路上,我等着她说点什么,但她什么都没说。所以我开口了,我说他像猪一样流了那么一身汗,一点都不迷人。他房子里到处都是垃圾。卡谢尔只是朝我翻了个白眼,说我不会喜欢任何人,她稍后再和我聊。那是四天前的事了。我给她打了几次电话,黛布拉小姐说她不在家。她仍然没有回我电话。

昨天,我从商店回家时绕了一大圈,我穿过高中后面的田野,路过了杰米的房子。他在车道上洗他的凯迪拉克,他死去的母亲的凯迪拉克。他的唇间叼着一支烟,仿佛下一秒就要掉下来。尽管他只穿着一件背心,但一如往常地,他依旧汗流浃背。他的手臂柔软而苍白,没有任何肌肉线条。真是个软不拉耷的人。我假装没看见他,但他冲我大喊:"嘿,美女。"我没理他,继续往前走。然后他说:"你正好错过你的朋友了。她刚离开这儿。"他喋喋不休地说下去,我头也不回地往前走。

去他妈的卡谢尔,去他妈的她对男人的坏品位。

JAEL 雅亿

我这辈子从未见过如此忘恩负义的孩子。她从未经历过饥饿,我从没有饿着她。我敢打赌,她若是被送到别处寄养,一定不会像现在一样高大强壮。如果不是我出于好心收留了她,她早就完蛋了。我早已养大了我的孩子,我的外孙女,还经历了白发人送黑发人的痛苦。我相信我应该得到一丝安宁,赢得了前往天堂的冠冕。但她上得了天堂吗?我尽我所能维持生计,这个小浑蛋竟然还说我做的螃蟹很难吃?

好吧。不管今天她从哪儿回来,我都要和她谈谈。是时候让她找份工作了。

我、卡谢尔、杰米一起去了海滩。卡谢尔称他为干爹,而他给她买了一套新的黄色泳衣。他把她高高

她们的私生活

举起,抛进海浪时,她尖叫着大笑。卡谢尔可不是一个小女孩。所以我猜他的手臂也许比看起来要强壮些。接着,他们厌倦了这样的游戏,卡谢尔骑上了杰米的肩膀,他向大海深处走去。我看不见,但我能想象到他的手抓着卡谢尔的大腿。她的身体时不时地颤抖。大概是她在笑吧。他们离得太远了,我听不到她的声音了。

天气很热,但躲在杰米租的阳伞下还算凉爽。来之前,我们从711便利店买了苏打水、冰块、瓜子和薯片,我还买了一本《人物》杂志。现在,我坐在毯子上看杂志。我已经告诉过卡谢尔,我没有泳衣,没法下水。她告诉我可以穿短裤下海,一会儿就干了。我朝她翻了个白眼。她太笨了。但杰米站在她旁边点点头,好像她是世界上最聪明的女孩。

当我们沿着木板路走向海滩时,经过了一家卖海滩用品的商店。卡谢尔抓起一副白色太阳镜、几双黄色人字拖和一条大毛巾,上面印着不同颜色的鱼。她把所有东西都交给了杰米,他付了钱。他们也买了就摆在收银台边的泳衣,杰米并没有提议给我也买一件。当然,我也不一定会接受。

　　水一度淹没了杰米的脖子，所以我只能看见卡谢尔。她看起来像是坐在海浪之上。然后她从杰米的肩膀上向后跌了下去，海浪盖过了他们俩。当我再次看到他们的头时，他们面对面，卡谢尔的双臂搂住杰米的肩膀。她怎么能忍受他满是烟味的鼻息呢？真恶心。我看不见水下的情况，但我敢打赌，她的腿正缠在他背上。然后他们俩都回头看了我一眼。我拿起《人物》杂志遮住我的脸。

　　让他们见鬼去吧。

　　我开始幻想着甜美萨迪。我敢打赌，在她成为传教士的妻子之前，她一定来过很多次海滩。我想象着她坐在某个高大男人摩托车的后座，沿着海岸线骑行。她穿着白色比基尼，与她棕褐色的皮肤相得益彰。至于那个男人，我想象他戴着深色墨镜，穿着一件无袖牛仔夹克，大肆炫耀自己的肌肉。但当他们从我身边经过时，萨迪让他停下来。她踩着沙子向我走来，伸出双手。我尽量不去看她从比基尼里露出的双乳，她注意到了我闪烁的眼神，只是笑了笑。她将我从毯子上拉起来，抱住了我。她闻起来有香

她们的私生活

草和玫瑰的味道。她一直拥着我，带我沿着岸边散步。

我感觉到潮水拍在我的脚上，又退去。

当我跑回从家中带来的毯子边时，甜美萨迪靠在我的身边，问我怎么了。我告诉她我关于水的记忆。我告诉她，我是如何洗澡的，外曾祖母从不知道我不泡澡。我只是在水槽边，反复擦洗冲淋，也就是外曾祖母所说的"小鸟洗澡"。接着，我告诉她，在我妈妈去世的那天，我在水下看到的一切。我们仿佛都在水下。我的妈妈，我的爸爸，还有我。我们在自己家中，在卧室里，我在我的婴儿床里，水下的婴儿床。甜美萨迪问我："你当时是一个小婴儿，怎么能记住那么多事？"我说："我不知道，我就是记得。我看到了我爸爸的所作所为。我试图尖叫，但水灌满了我的嘴，整个世界陷入一片黑暗。外曾祖母骗了我。她说他们死于车祸。但在我八岁的时候，我偶然听到瓦实提姨妈告诉外曾祖母，有人在监狱里割断了他的喉咙，他的血像畜生一样喷涌而出。姨妈难过地叹了口气，说他看起来是个好人。外曾祖母说，她看到他第一眼就知道他不是善茬，但我的妈妈不懂，他搞得她心旌神驰……"

我记得那天,在家中,他的脸严肃刻薄。那天,我们都在水底,但我记得所有的事。

甜美萨迪揉了揉我的胳膊,叫我小宝宝。"小宝宝",她说,"你不是在水下。那些水是你的眼泪。"

我的视线越过杂志,白日梦结束了。杰米背着卡谢尔走回岸边。他们回到伞下,坐在我身旁,卡谢尔的头还倚在杰米的肩膀上,仿佛粘住了一般。

在回家的路上,卡谢尔和我坐在后座。我还在为她在去海滩的路上坐在副驾而生气。杰米又点燃了一根该死的香烟,我摇下车窗,让风吹到我的脸上。然后我听到卡谢尔温柔地叫我的名字。"干什么?"我大声地问她。她始终对我轻声细语,她说,要记得她一早从杰米家打电话叫醒我时对我说的话。如果她妈妈问起,就说我们早上八点乘公共汽车去海滩。

事实是,直到下午一点,她才给我回电话让我和他们一起去海滩。

我背对着她,假装睡着了。

她们的私生活

是时候扔掉我客厅里的旧地毯了。我一直想扔掉它。因为找工作的事，我和雅亿闹得不可开交，我一气之下没留神竟被地毯绊倒了。一定是这样的。我一定是失去了平衡。我对着她大呼小叫，然后就失去了平衡，接着就四肢着地。我一定是被那块地毯绊倒了。或者，这就是所谓的"眩晕"，我的朋友阿尔玛就时不时眩晕发作。总之，一定是这样的。

我跪倒在地板上，雅亿只是低头看着我。她没有要挟我的意思，一点也没有！我甚至无法复述当我要她找份工作时她对我说的话。

我爬向沙发，努力支撑起身体来。而那个姑娘只是站在那儿，看着我挣扎。

从那以后，她就一直躲在自己的房间里。她出来拿了些食物，洗漱了几次，仅此而已。

没错，我在她父母的事上对她撒了谎。但上帝知

JAEL 雅亿

道，我只是想保护她免受世间丑恶的伤害。上帝会懂我的心。

也许我可以试着和她谈谈，毕竟她也长大了。但她不愿从房间里出来。当那个卡谢尔打来电话时，她甚至都不接电话。卡谢尔一个电话接着一个电话地打，最后，她来了我家。隔着卧室的门，雅亿甚至不回应她。于是，卡谢尔对我一番软磨硬泡，她的嘴像抹了蜜一样，她一口一个"外曾祖母"，我真想对她说："如果我是你外曾祖母，才不会由着你那么放荡。"然而，我恳求上帝堵上我的嘴，上帝允诺了。

卡谢尔在黛布拉小姐的《圣经》前发誓，在我们去海滩之前，她在杰米家和他单独在一起，她只是和他接吻了而已。我说："是啊，他吻了你哪里？"她抓狂了。那天从海滩回来之后，很长一段时间内，我都不想和她说话。我无法摆脱被她欺骗了的感觉。我受够了被欺骗，但

她们的私生活

我想我和卡谢尔又和好了。比起生她的气，我更担心她。当她做些让我担心的事时，我真的很抓狂！和一个不能照顾自己的人做朋友很麻烦，我很累。但卡谢尔只会说："我可以照顾好自己！"但事实是，她不能。我知道她不能。她就是缺根筋。

所以当她不知第多少次邀请我去她家过夜时，我答应了。我在她家时，她给杰米打了几次电话。他们谈到下周他带她去买去学校穿的衣服。我问她打算如何向黛布拉小姐解释新衣服是哪儿来的，她盖住听筒，让我闭嘴。然后我问她，她有没有让杰米在他们接吻之前刷干净他脏兮兮的嘴。她带着手机躲进了衣橱，关上了门。我想我应该在他们煲电话粥的时候找些法子自娱自乐。

后来，我们躺在卡谢尔的床上聊天，但我有很多想法都欲言又止。她三句话不离杰米。她告诉我和她同龄的男孩子只是想和她上床，哪怕很不讨喜的男孩子也敢来勾搭她。但是杰米，只要能吻吻她，就欢天喜地，他愿意为她花时间，为她花钱。他不会让她做任何她不想做的事。我在想，杰米不强求她的状态能持续多久？多久之后，他就会性情大变，成为伤害卡谢尔的人？但这些顾虑我都没说出口。

接着，她问我："你怎么不说话？你是吃醋了吗？"我说："吃谁的醋？"她没有说话。然后，我问了她一个问题。我说："你认为天堂真的存在吗？"她说："当然。"然后我说："我认为天堂的存在是个谎言。"她从床上坐起来，说："你这样说会遭雷劈的，雅亿！"我只是笑着告诉她："上帝只是一个白人，是愚蠢的黑人编出来的故事，就像圣诞老人一样。"卡谢尔非常讨厌我这么说。她双臂抱胸，说："好吧，如果你认为上帝不存在，那就回答我这个问题。人们那个之后会去哪里……"

她怕得连"死"字都说不出来。我只是笑了笑，在床上翻了个身。之后，我们直到睡着前，都什么也没再说。

第二天晚上，我步行回家时又经过了杰米家。他在前院用软管浇草。太阳下山了，天气有点凉，这一次，他破天荒地没有大汗淋漓。他说："嘿，美女。"我也向他打了个招呼。他说："你总是来去匆匆，有空来坐坐。"

我说："好。"

她们的私生活

这都是我的错。我从《圣经》中随机挑了一些名字给孩子们取名,我是取名的那个人。我的母亲,我母亲的母亲,我母亲的母亲的母亲,我的姐妹们,我的姨妈们的孩子们……我们的名字都来源于《圣经》。家中最年长的女人会打开家族中的《圣经》,用手在随机的一页上一指。离她手指最近的女性名字就是即将出生的女孩的名字。我们不断翻页,用手指在上面戳戳点点,直至找到一个女性名字。我们生下的都是女孩。七代以来都是女孩。如果我相信运气,如果我们的生活比上几代的生活更好,那我会说,七是一个幸运数字。我有时也会在买彩票时,写上一堆"七"。我偶尔才买一次彩票,不经常买。也许七是主想要传达的讯息。人们总是说:"上主作为何等奥秘,行事伟大神奇。"但这句话并非来自《圣经》。它来自一首赞美诗。《罗马书》11:33说:"深哉!神丰富的智慧和知识。他的判断何其难测!

JAEL 雅亿

他的踪迹何其难寻!"

那些带"七"的彩票偶尔也让我小赚一笔,让我得以维持生计。主不会对此不满的。我们七代人。一八七一年生的多尔卡丝。一八九〇年生的亚大。亚大的五个女儿:革来、玛拉、示罗密、莎乐美,以及一九〇六年生的我的母亲玛特列。我,大马哩,我的妹妹瓦实提、友阿爹和哥斯比,都是一九二二年生的。一九三七年生的我的女儿亭纳。一九五五年,雅亿的母亲基土拉出生了。还有一群外甥女、外甥孙女和表姐妹,我记不全了。曾经我可以说出我们所有人的名字。

我给她起名叫雅亿。我的手指落在了这个名字的正上方。通常,我需要环顾一整页才能找到一个女孩的名字,或者在另一页上重复这一步骤。但那一次,我的手指刚好落在了这个名字之上。我对此欣喜万分,我认定这个孩子得到了上帝的祝福,是个与众不同的孩子。我当时没有停下来读一读雅亿的故事,直到很久以后,我才读到她的故事。

如果我早些读到这个故事,我可能会选一个不同的名字。但也许我并不会改变这个决定。我会不会违背延续六代的传统？我们从未谈论过名字背后的故事。我选择的名字即给定的名字。

当雅亿第一次乘公共汽车去学校时，一些孩子会取笑她，称她为"哑子"，尤其是那个吐温。他是凡尔丁·拉塞尔的孙子，他们家的孩子都很无礼。他会一路从公共汽车站跟着她回家，我听到他在门外叫她"小哑子！小哑子！"。接着，其他孩子会笑着加入他的行列。卡谢尔一次又一次地告诉他们："她叫雅——亿——"但他们无动于衷。雅亿并不在意他们。当时，我觉得她做得很对，就像我告诉她的那样，无视他们，将他们的罪行留给主来审判。但如今，我知道他们的戏弄助长了她心里的坏种。

在我的母亲和她的母亲还健在的时候，我和我的姐妹们、我们的孩子、她们的孩子……我们会聚在一起给孩子起名。我们会一起做饭，用餐，祈求神保佑母亲和尚未出生的女孩们。我们会笑着分享彼此的故事。通常，在场会有人问："如果生下的是男孩呢？"我们只是笑得

JAEL 雅亿

更厉害。

即使在孩子出生的前一天，我们还在大呼小叫、争吵掐架，为孩子取名的这一传统还是能够让我们凝聚在一起。我们尊重传统。除此之外，我们还能执着于些什么？雅亿出生时，我们的家族有五代人，因为我们很年轻的时候就做妈妈了，分别是十五岁、十六岁、十七岁、十八岁、十九岁。我们对此并未感到羞耻或骄傲。这是一个全是女人的家庭，和男人共度的时光是我们最糟糕的日子。好男人英年早逝，而坏男人却活着不断折磨你，让你生不如死。上帝，请原谅我的出言不逊。

几年前，来了一些记者，他们写了一篇关于我们这个大家庭五世同堂的报道。我们的故事上了全国的电视节目。但如今，我的妈妈、我的姨妈、我的姐妹、我的女儿、雅亿的妈妈……都死了。只有我的小妹妹瓦实提、一些表姐妹以及外甥女和外甥孙女还活着。我不再有其他人的消息，我猜如今她们的孩子都沿用了旧名字。甚至她们可能生下了儿子。谁知道呢？

她们的私生活

雅亿是我起名的最后一个孩子。她是我要背负的十字架(苦难)。

我还给那些我喝下堕胎药后流产的孩子起了名字。主，原谅我。安娜、希耳米、路得、巴拉。

———

老烟鬼的气味并没有我想象的那么糟糕。也许是因为我还想着别的事。但我不在乎。总之到了最后我会让这一切都值当。不过，杰米一根接着一根抽着烟，那气味让我作呕。我没有吐。我只是透过烟雾对他微笑。

我们在沙发上亲吻。接着，杰米说天要黑了，我再不回家，我外曾祖母会担心的。另外，他凌晨三点还得起床上班呢。

他在阳光面包厂工作。我告诉他，外曾祖母要参加《圣经》学习班，至少要再过一个小时才能回家。除了接吻，我们还可以更进一步。他问我是否有过更进一步的经历，我说没有。这是事实。杰米问我会不会把今天的事告诉卡谢尔。我说我不告诉她我的事。他微微一笑，像是对我的答案很满意，但又不想流露出来似的。我戳穿了他。他笑着说："你可真是什么细节都不放过呢。"

他把我按在沙发上，我问他有没有套套。他看起来很失望，说："有。"他起身要离开，我告诉他："别忘了先刷牙。"他笑着说："姑娘，可真有你的。"

当他刷完牙，并带着套套回来时，我正站在他家前院。外面很黑，很安静。杰米走出来，问我："怎么了？"他听起来很镇定，像是低声耳语。我告诉他我没事，只是改变了主意，我想回家。他慢慢地点了点头，说，好的，他家随时欢迎我。

当我走在回家的路上时，我脑子里的各种念头翻涌而出，我思绪万千，弄不清楚自己到底在想什么。直到我拐到我家附近的街上时，一个名字蹦了出来：甜美萨迪。自从外曾祖母不再带我去教堂后，我再也没有见过她。但我时常想到她，我很想念她。

她们的私生活

我睡过去了。在过去的几周里,我一直睡得不太好。当我从《圣经》学习班回到家后,我吃了一颗安眠药,立刻昏睡了过去。但是住在隔壁的芭芭拉说她听到了那个声音,凌晨三点刚过,她睡得正熟,突然被一阵巨大的声响惊醒。嘭的一声!她以为是雷鸣,于是翻了个身继续睡。但随之而来的是警笛声。

根据警方的描述,是煤气泄漏导致了这场爆炸。今天的早间新闻报道说,他的名字叫杰米·麦克怀特,但他们没有他的照片。很久以前,当我还是个小姑娘的时候,我妈妈认识一些姓麦克怀特的朋友。芭芭拉说,他就是那个开着白色凯迪拉克的浅肤色黑人。据说他的母亲——请保佑她的灵魂安息——姓波特,他住的是他母亲的房子。我想起来了,我们是多年前认识的,但我不知道她有孩子。芭芭拉说,杰米的爸爸在东区抚养他长大。这就是我不认识他的原因。但芭芭拉认识一个住在他对街的女人,她告

JAEL 雅亿

诉芭芭拉，每次看到他，他的嘴里都叼着一支烟。香烟和汽油放在一起可危险了。

还好他的家在道路尽头，周围的房产都是空置的。芭芭拉说他身后的房屋受到了一些损坏，但新闻中提到"没有其他人死亡"。

今早，雅亿做了件多年未做过的事。她爬上了我的床，睡着了。

过了一会儿，卡谢尔给雅亿打来电话，她听起来很伤心。一整天，她一直给雅亿打电话。但每当我把电话递给雅亿时，雅亿都摇头拒绝。最后，大概是这小荡妇打来的第十次吧，我告诉她，"上帝厌恶丑恶之人"，然后便挂断了电话。之后她就不再打来了。

我也想和雅亿谈谈，但我还是不知道该对她说什么。这个孩子认为她做的是对的。没错，他是一个极其肮脏的人。但《圣经》清楚地写着"不可杀人"和主说"伸冤报应在我"。如果芭芭拉认识的那个女人昨天看到雅亿离开那所房子怎么办？如果她告诉警察怎么办？

也许雅亿可以告诉警察他是怎么骚扰她和那个卡谢尔

的。人们会明白他是什么样的人。

但如果他们不这样做呢？如果他们说雅亿也是个小婊子，专干……

主啊，我该如何和她沟通，如何让她听进我的忠告！请帮帮我吧，神。

我要定好周日早上起床的闹铃，和外曾祖母一起去教堂。我想再见一见萨迪修女。我想看到实实在在的她，而不仅是出现在我的梦里的她。

外曾祖母总是说，多留个心眼。我做到了。我没有全数交代。我将秘密深埋心底，期限也许是永远，也许是等待时机成熟的那一天。我让人们以为我一无所知，然后，在他们最意想不到的时候……我坦露真相。

但事情也不一定非得是这样，只要大家都闭上嘴，别管我，管好自己，就没事了。

JAEL 雅亿

愿基尼人希百的妻雅亿比众妇人多得福气,比住帐棚的妇人更蒙福祉。

西西拉求水,

雅亿给他奶子,

用宝贵的盘子,

给他奶油。

雅亿左手拿着帐棚的橛子,

右手拿着匠人的锤子,

击打西西拉,

打伤他的头,

把他的鬓角打破穿通。

西西拉在她脚前曲身仆倒,

在她脚前曲身倒卧。

在那里曲身,就在那里死亡。

——底波拉和巴拉的歌 《士师记》5:24-27

INSTRUCTIONS FOR MARRIED CHRISTIAN HUSBANDS

给已婚男士的行事指南

她们的私生活

基础知识

你们这些有着极度虔诚信仰的太太的幼稚丈夫,极易上钩。我不费吹灰之力就能将你们控制于股掌之中。当你试图展现自己的幽默感时,我只需柔和浅笑,或是给你一个深沉的微妙眼神,让你捉摸不透。当你觉得这一切可能只是自己想多了的时候,我们的距离却在每次交谈中越发靠近,好像我真的被你关于足球和烧烤的自说自话所吸引。或者也许你只是希望有所改变,能有一个女人把你当作一个男人对待,而不是她的一个孩子。

尽管你的生活是一潭死水,但你并不想见异思迁。也

她们的私生活

许这是你第一次出轨。而且你没想到会和我这样的人在一起——一头黑色卷曲的短发——和你的太太大相径庭。我的眼睛、嘴唇、牙齿、微笑、智慧、乳房和欢快的笑声，都让你欲罢不能。我理解你的顾虑，你认为和我这样的人在一起需要一些理由，你想搞清楚我为什么能让你欲火焚身。

是什么让我为你感到悸动不已？这是因为你在很多不该对我动情的场合兴趣盎然。这让我兴奋。你的饥渴、你的匮乏感让我兴奋。我不在乎为什么你的妻子无法提供让你满意的性生活，光是知道她无法做到这一点就让我满足。所有的风险都在于你，但我会与你一同冒险。我一直享受在这种危险的处境中作乐。

停 车

我家附近有路边停车位。我建议你把车停在至少一个街区外。附近的商业区正好可以为你提供一个"不在场证明"。

社交媒体和技术

脸书：如果你常发布一些你是如何信仰上帝，如何虔诚的《圣经》贴图，那就别停。如果你不常更新这些内容，也别从现在开始发布。另见下文"你的信仰"。

因为这个镇子太小，脸书可能在"可能认识的人"列表中向你推荐我，希望不用我说，你也知道应该把这条推荐删除。

把你妻子的照片加上"周三心动女孩"的标签发布在社交平台上，记得还要加上"她每天都是我的心动女孩"的配文。同时，在你们的结婚周年纪念日、她的生日以及平日里也要经常发布你们俩的合照，只为了说明她有多美好。你的头像也应该是你们俩的合照。

通信：我们无须交换电话号码。我们只通过我要求你下载的短信应用程序联系。

她们的私生活

你的手机：锁好了。设置密码或手指滑动组合解锁。

照片：不要发送任何照片。也不要要求别人给你发照片。

注意：有的男人没有胆量直面离婚，而寄托于出轨被抓包来结束婚姻，如果你也是这样，那么你可以忽略以上这些注意事项。另见"你的良心"。

关于我

你对我的了解越少越好。我对你也是如此。清晰的边界至关重要。以下是我可以告诉你的：

我没有孩子，也从未结过婚。我自力更生。我有一家面包店，我们大概也就是在那里认识的。也许你在我的面包店里预订过结婚蛋糕或你女儿的生日蛋糕。我做的桃子馅饼是城里最棒的。

在我成长的过程中，我目睹着我的妈妈收受着别的女人吃剩的"残羹冷炙"。我发誓我永远不会步她的后尘。不过现在我也和她一样苟且了。

健康与保健

你必须出示三十天内性传染病检查结果的*原件*。哪怕你声称几十年来，没有与你妻子以外的任何人发生过关系，这一点也没有例外。你一定能理解为什么我无法相信你的话。贼就是贼。你懂我意思。

如果你不能自行预约并完成检查，你就不配出轨。

你必须自始至终佩戴安全套，这一点也容不得商量。如果你佩戴了安全套就无法勃起，那么还是请你回家找你的妻子吧。

注：我的造人工厂业已关闭，我早已通过手术结扎了，你不用担心搞出人命。

她们的私生活

你的信仰

如果你在主日学校任教，担任童子军的教官，或是在教堂的执事委员会任职，我都无所谓，请便。

如果你感到内疚，请勿试图向我证明或邀请我去教堂。请勿要求我悔改，因为我对我的所作所为丝毫不感到后悔。

你无法拯救我，因为我的处境并不危险。

你的妻子

不要在我面前说她的坏话。我不想听到她在性交时如何像海星一样躺在那里，或者她如何在别人面前让你感觉自己不像个男人。通过这种话来为你出现在我的床上找理由，是搬起石头砸自己的脚，我们不会这样做。

你了解她，但我了解女人。你以为她会为你的出轨而发怒或感到失望。但也许你会惊讶地发现，很多妻子实际上会为此感到如释重负。你的妻子可能会因为你把自己的需求发泄在别处而倍感平静与安宁。她也许的确渴望性，只是不再渴望与你共赴云雨。个中原因，你可能得和你的婚姻顾问一起探讨探讨了。另见"心理医生"。

钱

我接受礼物，但不要给我钱或帮我付钱。我不是性工作者。

情 趣

你可以打我屁股，让我穿上俗气的内衣。虽然我觉得这很乏味，毫无新意，但我还是会答应的。另见"幻想"。

身体上的性唤醒很简单；而我渴望精神和智力上的刺激。你需要设法让我走心，让我感到惊讶，让我感到自己受到挑战。

她们的私生活

我喜欢手。我真的真的很喜欢手。越大越好。我想被拥抱着，抚摸着，捧着，抓着。

我也喜欢嘴唇、舌头和接吻。我喜欢深入、热情的吻，还有轻咬。如果你吻得够深……

注：你知道你的妻子喜欢什么，不喜欢什么吗？你应该了解一下的。

你的良心

如果你决定向你的妻子忏悔你的不忠，请确保她不要闹到我家来。她会受伤的。我们的关系没有约束，你想走即走，但是别把你的破事带到我家。

当你在我家时，不要磨磨蹭蹭。我讨厌闲聊。别把你的紧张情绪带进来。做或不做。没有试试看这一说。

另见"心理医生"。

药 物

不要在受到任何药物影响的情况下来找我。你需要具备完全的行为能力,在任何时候,你都需要为自己的行为负责。

也不要让我与你一同嗑药,大麻也不行。

旅 行

如果提前告知并由你承担费用,我也可以与你一同旅行。

心理医生

我不属于你。我不想听你诉说对失败的恐惧,你的无力感、童年的创伤、中年的遗憾、孩子或工作上的挫折。不要满腹牢骚是维系这段关系的保障之一。更重要的是,这样我就不会像你妻子那样怨恨你。

你的造访

请把你的结婚戒指放在我的床头柜上。也许你的手丰润修长，指甲修剪得干净整齐。也许你的手疏于保养，在寒冷的气候中变得粗糙而干燥。但你必须有一双大手，且能牢牢地、主动地握住我。

摘下你的袖扣，解开你的花衬衫。把你母校或兄弟会的文化衫脱下来。脱掉你的孩子们在父亲节送给你的条纹马球衫。

脱掉你的内衣。你的胸前也许是毛茸茸的，或是光滑的；修剪体毛，或任其野蛮生长，由你决定。也许你的腹肌是紧致的，轮廓清晰；也许你的腹肌曾经是紧致的，如今早已柔软圆润；也许你的肚子诉说着你在夜晚借着白兰地、金酒或啤酒所忘记或回忆的过往。

脱掉你的可汗牌乐福鞋或你的阿迪达斯运动鞋。脱掉你的袜子。穿着也行。

把你的牛仔裤、运动衫、量身定做的阿玛尼西装裤扔到我的椅背上、床脚边或地上。

脱掉你宽松或紧身的四角裤。（如果你穿的是三角裤，我会请你离开。）告诉我你已经准备好了，如果你还没有准备好，告诉我你需要我的帮助。

手机静音也好，不静音也好。

无论你选择上述哪种方式，你都需要抹除任何提醒你你不属于这里的印记。你的结婚戒指必须始终摆在我的床头柜上，在我们的视线范围之内。它是你的救命稻草，使你不至于在几个小时之后依旧对我不可自拔。

前　戏

我理解，你和你妻子上床之前需要精心筹划一番，就像外科手术一样。她需要引诱、赞美、爱抚以及其他浪漫的示好来使自己进入状态。我不需要这些。我热情似火，能让你这样的男人魂飞天外。

幻　想

我们都有阴暗的一面。我邀请你与我一同去探索你的黑暗面。我不会评判你，也不会羞辱你。不言而喻，你所有的秘密在我这里都是安全的。如果你提出一些我无法满足的想法，我只会简单地拒绝你，对此我们也不会再谈起了。

我明白有些幻想并不阴暗。它们只是……幻想而已。上述规则同样适用。我不会评判你，你也无须感到羞耻。角色扮演是一种探索自己好恶的好方法。如果你想了解我的喜好，我也可以与你分享。

感　情

我不想伤害你的自尊，但一根杰出的阴茎并不会使我对你产生感情。如果你对我产生了感情,不要担心,都会过去的。

你在任何情况下都不要为了我而离婚。你当然可以选择离婚,但切忌为了我。我不会在一旁默默等待你恢复单身。

请记住:我对你的渴望基于你的饥渴以及我们处于禁忌的关系。别像一个失恋的青少年一样,这样会毁了这一切的。

注:如果我对你动了情,你会发现我不再回复你的短信,这对大家都好。

撇开以上说明内容的严肃语气,事实上,我喜欢你,并迫不及待地想上你。如果不是因为我喜欢你,不是因为一想到你我就意乱情迷,我们也不会在一起。

事 后

你离开的时候会心满意足。我们的每一次相会,我都会当成诀别一样珍视。你们这样的男人有多少花样可玩,我是见识过的。

事后洗不洗澡随你。请带好你的随身物品。不要落东西。重新戴上婚戒。夹着尾巴出门,走到光明正大的地方再昂首阔步地前行。

WHEN EDDIE LEVERT COMES

当埃迪·勒韦尔来时

✦ 她们的私生活

"就是今天了。"妈妈宣布。每一天,当她女儿端着早餐来到她的房间时,她都会这样说。

"早上好,妈妈。"女儿把托盘放在妈妈梳妆台前的软垫凳上。她眯着眼睛看向透过薄薄的窗帘洒进房间的晨曦。妈妈的梳妆台上堆满了接连几个月无人问津的脂粉和香水。

妈妈一言不发地从女儿身边匆匆擦过。她打开衣橱抽屉,拿出一件蓝白条纹的短袖衬衫。她提着衬衫走到床边,将它搭在一条淡蓝色的松紧腰棉布裙子上。她用双手抚平两件衣服的褶皱,像是在熨衣服一样。她皱起了眉头。

她们的私生活

"我的漂亮衣服都哪儿去了?"她像是在问女儿,也像是对着房间和房间里的空气提问,"我漂亮的裹身裙还有铅笔裙呢?我想让他看见我最漂亮的样子。你知道的,他今天要来看我了。我那件可爱的透视衬衫和西裤套装呢?你见过吗?是你把它们拿走了吗?是你偷了吗?"

"我没有,妈妈。"女儿说。

"这些都是我在马歇尔·菲尔德百货公司用员工折扣价买的,你没有权力拿走它们。"

女儿没有提醒妈妈马歇尔·菲尔德百货公司已经不存在了,而且自二十世纪八十年代以来,她就离职了。女儿轻手轻脚地将妈妈从床上带到她的躺椅上,这样妈妈就可以吃早餐了。妈妈的胃口还是不错的。医生说,这多少是件好事。

妈妈一边给烤面包片涂黄油,往鸡蛋里加番茄酱,一边喋喋不休地唠叨。尽管女儿既喜欢番茄酱,也喜欢鸡蛋,但她始终觉得这种搭配有点恶心。

"他今天要来。"妈妈边嚼边说。几滴番茄酱掉在了她睡衣前面的白丝带上。这让女儿无端恼怒了起来,她心想

WHEN EDDIE LEVERT COMES　当埃迪·勒韦尔来时

要记得在把妈妈的睡衣扔进洗衣机前涂一些去污剂。她很容易生气，永远有剪不断理还乱的家务要处理。她的脾气还真是像她的妈妈——变成如今这个样子之前的妈妈。虽然有的时候，女儿更喜欢妈妈现在的样子。在她的脑海里，如今的母亲更友善——尽管有人指控她偷窃——需求也更简单。

妈妈用纸巾擦了擦嘴。"真好吃。谢谢你。"她朝着女儿的方向说道。

"不客气，妈妈。"女儿习惯了妈妈的礼貌致谢。她朝门口走去。快到点了，作为房屋中介的她要去给客户展示新房，而家庭护士也快来解救她了。

"你马上就可以回来拿走这个托盘了。"妈妈在她身后喊道，"我必须做好准备。他很快就来了，他到了及时告诉我，听到了吗？"

女儿听见了，但她把手放在门把手上，背对着妈妈默默站着，一言不发。

"你听见了吗？"妈妈的声音带着一丝恳求，"就是今天。"

她们的私生活

女儿离开了房间,关上了门。

在小时候的暑假,女儿有时会低声默念自己的名字,要不然连续几个月都没有人叫她的名字。除了她的教师之外,每个人都像她妈妈一样,从不叫她的名字,而是称呼她为"女儿",好像她的存在只与她的母亲有关,只与她在家庭中的作用有关。*女儿、管家、厨师、保姆、护士、奴隶。*这就是她的感受。*女儿,你能做这个吗?女儿,你能做那个吗?*潜台词就是:*你会做这个的。你会做那个的。*她无法提出质问或抱怨,不然,招呼她的就是一个耳光。可是与此同时,她的兄弟里科和布鲁斯却能够被直呼其名,随心所欲,想干什么就干什么。

成年后,他们的境遇并没有太大的变化,只是布鲁斯死了,死于嗑药。里科、他的妻子和孩子住在镇子的另一边。女儿只有羞辱他一番,他才偶尔良心发现来看望一下妈妈。可是即使如此,里科也并不愿意和妈妈相处。

WHEN EDDIE LEVERT COMES 当埃迪·勒韦尔来时

"哟,她不能再老是念叨'就是今天'了。"当妈妈第一次提起埃迪·勒韦尔时,里科向女儿抱怨道,"我不想一遍又一遍地听她说那些疯话。"

"我每天都不得不听着这些,"女儿厉声说,"你想试试吗?"

"你可以雇人全职照顾她——"

"或者你他妈的能摆出点当儿子的样子。"

里科双臂抱胸,叹了口气。他即使已经四十岁了,也依然挂着一张娃娃脸,像小时候一样闷闷不乐地噘着嘴。

"如果你能在这里陪她,我就不需要再付钱让别人来照顾她。"女儿说,"我知道她不是一个完美的母亲,但她是我们的母亲。"

"别给我说教了。"里科说。女儿知道妈妈不喜欢里科的妻子,反之亦然。所以妈妈从来没有机会和孙子孙女相处。然而,女儿也从来没有问过里科,在她搬出家,一直到里科也离家加入空军的那两年里,他的日子过得如何。他们都以自己的方式为布鲁斯的死而感到悲痛。可是,无论女儿搬出家后,妈妈与里科相处得如何,都不会比她现

她们的私生活

在的日子更难熬：妈妈不会向里科或者布鲁斯发难。

"行吧，我不说了。"女儿说，"只是……如果妈妈想聊聊埃迪·勒韦尔，就让她说吧。她这么说也不会伤害任何人，里科。"

至少不会像她以前那样伤人。

《圣经》说："教养孩童，使他走当行的道，就是到老他也不偏离。"对妈妈而言，老了以后，她从未再提起《圣经》。取而代之的是，她不断像宣扬上帝的福音一般，宣称埃迪·勒韦尔即将造访，埃迪是她年轻时最喜欢的乐队欧杰斯的主唱。

同样来自南方的埃迪和妈妈都经历了白发人送黑发人的苦痛，女儿虽然没有孩子，但也能够理解其中的残酷。也许妈妈多年来一直关注埃迪的生活和事业，使她与他建立了一种特殊的、不可动摇的纽带。

在女儿地下室的一本家庭相册中，有一张妈妈和埃迪

WHEN EDDIE LEVERT COMES 当埃迪·勒韦尔来时

的拍立得照片。照片摄于二十世纪七十年代，欧杰斯乐队造访当地之时。演唱会结束后，妈妈不知何故跑到后台——她从未告诉女儿其中的细节——拍了照片，埃迪签了名。照片中，妈妈穿着一件低胸的火红色连衣裙，裙子紧紧地勾勒出她的身材曲线。她将头发染成了带有红铜色调的棕色，卷得像女演员费拉·福塞特一样。若不是她丰满的鼻子和嘴唇，她看起来就和费拉一模一样，毕竟她肤色并不深。埃迪的肤色有多黑，妈妈的肤色就有多浅。他穿着一件白色的西装，裸露着前胸，翻领很宽。埃迪的手臂紧紧地搂着妈妈纤细的腰，对着镜头咧嘴大笑。妈妈也对着他笑靥如花。小时候，女儿时不时拿出相册盯着这张照片看，它证明了妈妈曾经很幸福。

女儿之所以在十八岁时搬出家，一部分原因是想要摆脱妈妈的阴郁，另一部分是因为她不想再给所有人当保姆了。即使女儿走出了家门，她也并没有完全脱离家庭。妈妈挥来的巴掌和伤人的话也渐渐随风而逝了，在外人眼里，这对母女的关系还很亲密呢。

她们的私生活

一个周五的晚上,女儿和妈妈坐在厨房的桌子旁等候着里科的到来。女儿得通过激起他的愧疚之感,才能让他来照顾妈妈几小时。这样,她才能够与高中同学托尼出门吃饭。托尼时不时造访,帮助女儿处理家中事务,并照顾女儿。前一年,妈妈第二次中风,医生诊断她患有血管性痴呆,是托尼而非里科来帮女儿收拾妈妈的东西,帮她搬到了女儿家。

托尼到了,妈妈告诉他:"就是今天,埃迪要来。"

托尼对妈妈笑了笑说:"好的,夫人。我知道了!"

妈妈笑着站起来给托尼看她的衣服。"衣橱里只有这件雪纺长袍还看得过去。"她瞅了女儿一眼,女儿无奈地摇了摇头,"你觉得他会喜欢吗?"

"哦,当然了,夫人!"托尼说,"如果我再年轻几岁,埃迪可就有对手了。"

"哎哟,你嘴巴可真甜!"妈妈红着脸说。

WHEN EDDIE LEVERT COMES 当埃迪·勒韦尔来时

"我已经很久很久没有见到他了。"妈妈说。她用一只手的尖尖的指甲敲了敲桌面,另一只手则挠了挠头。女儿觉得自己没有照顾好妈妈,妈妈该洗个澡,好好打理打理仪表了。明早女儿会打电话给她的朋友塔米,看看她是否能让妈妈在她的美发店里插个队。

里科迟到了四十五分钟才姗姗来迟,妈妈鼓着掌说:"我的宝宝来了!"

里科吻了妈妈的脸颊,但当她告诉他埃迪要来时,他翻了个白眼。"她怎么一直在挠头?"他问女儿,他压低的声音里满是指责。

"你闭嘴吧。"女儿对他发出嘲讽的嘘声作为回应,转头对妈妈说,"妈妈,托尼和我要出门了。里科会陪你的。回头见。"

"好的。"妈妈对着空气说。然后她转向托尼:"祝你玩得开心,年轻人。"

女儿在托尼的车里放声大哭,他揉着她的背,让她尽情发泄。

等她平静下来,她抽着鼻子说:"对不起。"

"对不起什么?"托尼问道。

"所有……所有发生的事情。我不知道我这是怎么了。"

"也许是因为你一直在照顾你妈妈,即使她根本认不出你是谁。但是后来里科来了,不费吹灰之力就得到了妈妈的喜爱。你能忍住那么久不哭我已经很惊讶了。"

女儿再次抽泣起来。托尼发动车子上了路。"不急着吃晚餐。"他说,"如果你愿意,我们可以先兜兜风。"

女儿点点头。"你知道,即使我搬出去了,我依然时刻牵挂着她。布鲁斯死后,妈妈全身心地投入事业里——儿童教会、女童子军、主日学校。她什么时候需要搭车,我都会开车送她。我每隔一周带她去一趟杂货店,陪她过圣诞节、复活节、感恩节。是我,不是里科!现在依然是我在照顾她。即使……即使我是在那样一种环境中长大的。我尽量不计前嫌,我一直守候着她。自始至终都是如此。但在她眼里,我不过是一个家庭护士。"

"她整天念叨着埃迪·勒韦尔,我尽量想要表现得不像里科那样浑蛋,但她更关心那个男人而不是我!每一天

WHEN EDDIE LEVERT COMES 当埃迪·勒韦尔来时

都是这样。有时我只想尖叫：'他不会来的！永远都不会来！'"女儿长舒了一口气，"我这么想很浑蛋吗？"

托尼摸着自己的胡子，把头从一边向另一边来回转着，好像正在放松自己的脖子。

"怎么了？"女儿问。

"我不想乱说话……"

"快说吧。"

"首先，你需要休息一下。我说的休息不是指我们出门吃顿饭而已。你需要一场真正的休息，一个假期。不止于此……"托尼叹了口气，"听着，我不知道你成长过程中经历了什么，但你必须与这段经历和解。我知道这话说起来容易做起来难。但你必须想想办法。"

这就是我所做的一切，女儿心里这么想着，却没有说出口。想方设法不让妈妈难过，想方设法不让里科折腾妈妈，想方设法远离妈妈，想方设法在没有妈妈的情况下照顾自己。她做了一个又一个低薪的工作，后来才发现自己对买卖和翻新房子很在行，成为一名房地产经纪人。她现在还有第二份工作：照顾妈妈。想到这里，女儿小声地骂

了一句。

"就像我说的,我不知道发生过什么……"托尼说。

"我会告诉你的。"女儿说,"不过我们先去吃饭吧,我快饿死了。"

邻里们过去常说妈妈一直在生孩子,直到生出一个拥有她想要的肤色的孩子。女儿是她第二个孩子,比老大布鲁斯更黑,尽管女儿父亲的肤色比布鲁斯父亲的肤色要浅得多。妈妈的第三个孩子也是最后一个孩子,里卡多,大家都叫他里科。他的父亲是一位波多黎各音乐家,在这里度过了一个夏天。里科出生时皮肤是奶黄色的,有着绿色的眼睛和沙色的头发。但是他的紧鬈发、厚嘴唇和宽阔的鼻子显示出浓浓的深肤色人种特征。但这并非重点。从女儿的观察和她无意中听到的妈妈与朋友的对话来看,重点是里科继承了妈妈的肤色。基因骰子总算眷顾了这位有着浅色皮肤的女孩。她相信黑人床上功夫最了得。她每次

WHEN EDDIE LEVERT COMES　当埃迪·勒韦尔来时

和黑人上床时，都相当于玩了一把基因轮盘赌。

后来妈妈得到了救赎。那是一个复活节的周日——他们只在母亲节、平安夜和复活节去教堂。母亲节那天，妈妈会在她的裙子上别上一朵白花——布鲁斯称它为亡母花——妈妈会在这一天前后整整两天都待在卧室里哭，怀念她的母亲。

女儿、布鲁斯和里科对他们的外祖母几乎没有记忆，外祖母是一位衣着考究、白人打扮的黑人妇女，她因为妈妈非婚生育而与其断绝了关系。但在他们的成长过程中，外祖母却造访过几次。每次，她都带着一大堆玩具，并给每个孩子都发一张崭新的二十美元钞票。而她带给妈妈的，则是关于妈妈是如何活在上帝的旨意之外的唠叨。打小女儿就理解妈妈在母亲节前后的泪水。她明白母女是如何心心相系的，即使有时也会被妈妈伤到。

起初，尽管女儿和她的兄弟们并不完全明白妈妈是因为什么而得到了救赎，他们依旧为妈妈感到高兴。当时，他们分别才十二岁、十岁和八岁，他们所能猜到的解释是，牧师在祈祷时，围绕着妈妈的信徒们对她施了某种魔

她们的私生活

法。妈妈在献身呼召期间哭着走到教堂前，但在离开时却面带微笑，她张开双臂搂着她的孩子们，回家后也紧紧地抱着他们。外祖母在去年突然去世——女儿无意中听到妈妈提过*动脉瘤*这个词，但不明白这是什么意思。女儿还听到妈妈告诉她的朋友拉热内小姐，她多希望能在外祖母死前重新回到上帝的怀抱。

不幸的是，这位兴致勃勃的新归信者的所作所为让她的孩子们感到困惑。一个周六的晚上，你把家里所有的毯子都盖在头上，以隔绝你母亲的床头板撞击在你卧室墙壁上的噪声，伴随着她呻吟着她最好的朋友的丈夫的名字的呼喊声。她和她的朋友很快也就闹掰了。而下一个周六的晚上，她从你手中抢走了洗好的扑克牌，因为"这种碰运气的游戏都是邪恶的！"。

以当时年仅十岁的女儿的逻辑，她可以理解《金拉米》纸牌游戏是邪恶的，因为游戏的名字里有"金"字[1]。但她和她的兄弟们最喜欢的其他纸牌游戏《弹指之击》和《我

---

[1] Gin，音译为"金"，在英文中也有"金酒"之意。

WHEN EDDIE LEVERT COMES 当埃迪·勒韦尔来时

宣战》又有什么问题？

归信后的妈妈变了（正如女儿对她的看法），例如禁止纸牌游戏，不再领陌生男人回家。但有些事情并没有改变。如果布鲁斯和里科在她看连续剧时大声说话，她就会让他们闭嘴；如果是女儿大声说话，她会让女儿"闭上你这张黑嘴"。

教堂也配不上埃迪·勒韦尔的。欧杰斯仍然是妈妈最喜欢的乐队，而埃迪·勒韦尔仍然是她最喜欢的偶像。在妈妈皈依前，她会告诉她的朋友南希小姐和拉热内小姐："埃迪·勒韦尔可以*随时随地*，对我*为所欲为*！亲爱的！你听见了吗？"接着她们都会大笑起来。

归信前的妈妈在没有约会或牌局的周五晚上，会在晚饭后播放欧杰斯的专辑。她闭上眼睛，臀部微微晃动着，随着音乐轻轻哼唱。她的舞伴——一支库尔牌香烟和一杯加冰的威士忌。尊尼获加红方威士忌是她的首选。

在那些周五的晚上，里科扮演 DJ（音响师），为妈妈更换专辑，而女儿则扮演调酒师，不等妈妈开口，就主动帮她加冰斟酒。这里就像是一家专为一个人服务的夜总会，妈妈在情歌中迷失了自我，垂泪一整夜。布鲁斯则会偷偷溜出去，在醉倒在沙发上的妈妈半夜醒来前再偷偷溜回来。她半夜醒来以后会去查看孩子们是否都睡下了，然后再爬回自己的床上。

当孩子们进入青少年时期时，布鲁斯开始吸毒，偷窃，为了垃圾游戏大呼小叫。然而，受到妈妈警告的却是女儿。"别出去给黑人丢人现眼！"虽然女儿极少在晚上出门。

归信后的妈妈仍然伴着埃迪·勒韦尔的歌声度过周五的晚上，她需要女儿在身边帮忙招待里科。离开了香烟和威士忌后的妈妈在唱歌时可以自由地在空中挥舞双手，就像她在教堂里那样。在妈妈的专属夜总会和教堂中，她都容易被感动得痛哭流涕。

但随着时间的推移，女儿已经无法从那些泪水中看出任何喜悦。正如妈妈所说，妈妈的朋友南希小姐和拉热内小姐仍然"活在世俗中"。于是妈妈主动疏远了她们，很快便与朋友们失去了联系。还有那些在复活节在祭坛上围着妈妈的教徒，在她归信后也不再招呼她了。她们的工作

WHEN EDDIE LEVERT COMES　当埃迪·勒韦尔来时

完成了。她们已经把这位有着三个孩子的可怜的未婚母亲领入活水——教堂里的人如此称呼基督。但她和她们不是一类人。

多年后，女儿不想与教堂或棕色烈酒有任何瓜葛，因为它们都让她妈妈流泪。

女儿和托尼在红龙虾餐厅吃了饭，回到家时，女儿在妈妈的卧室门口停了下来，示意托尼先去她的卧室，她的卧室在走廊那头。她把门打开一条小缝，刚好能看到妈妈蜷缩在一条薄毯下，她听到妈妈轻轻的鼾声。她关上门，到浴室里又洗了一遍手，她觉得自己的手现在闻起来仍然有一股螃蟹的味道。

她回到卧室，托尼已经盖上了被子。她脱下衣服，钻到他身边。十年前，当托尼第一次出现时，他们自然而然地就在一起了。那时他三十二岁，离过两次婚，很孤单。女儿从未结婚生子，一直很独立，更喜欢独来独往。不过，她还是有需求的。托尼能逗她笑，促使她思考。他是一个有爱的、靠得住的情人。对女儿而言，这就够了。

女儿想要好好享受当下，她想要细细品味自己的身体在托尼身边的快乐。但她的思绪飘到了妈妈身上。永远都是，妈妈。托尼将她抱得更紧，他的抚摸也急促了起来，好像知道自己要失去她了。当床头板撞在墙上时，女儿想起归信前的妈妈似乎并不在乎她的孩子们是否能够听到她做爱的声音。但是当妈妈皈依耶稣后，床头板的撞击声也停止了。

古语有云："母养女爱子。"但是，除了她的孩子，还有谁爱过妈妈呢？尽管她献身于教会并过着纯洁的生活，但妈妈从未有过那种本应属于教徒的超越理解的平静。她也没有《圣经》中所描述的应许的喜悦，那种无法形容的喜悦。女儿想象，妈妈拥有的也许是耶稣的爱——但他的青睐太短暂，无法浇熄任何欲望——他仿佛是一个比她以往带上床的男人更安静、更被动的情人，而他依然要求妈妈为他付出一切。

WHEN EDDIE LEVERT COMES 当埃迪·勒韦尔来时

第二天早餐后,女儿让托尼陪妈妈坐一会儿。她没有打电话给美发沙龙,而是跑到塔吉特超市买了无泪配方的婴儿洗发水和护发素,以及她自己为妈妈打理头发所需要的一切。

托尼离开后,女儿向妈妈解释说要给她洗头了。妈妈能够独立洗澡穿衣服,所以女儿想尊重她的隐私,问她能否趴在厨房水槽上边。

"啊……我不知道。"妈妈拍了拍自己的头发。妈妈的头发花白稀少,已经无法支撑费拉·福塞特那样的鬈发造型,但头发长度还是长及肩膀。"你觉得埃迪会喜欢吗?他今天要来,你知道的。"

"没错,妈妈。我知道。"女儿咽下了喉间的无奈,"而且我想埃迪会希望你让我在水槽里帮你洗头。"

"嗯,那好吧。"

试了几次,水温才刚刚好。女儿放了很多毛巾在手边，以便妈妈停下擦脸。

洗漱完毕，她带着妈妈回到房间换上一件干净的衬衫。然后女儿让妈妈坐在梳妆台前，站在她身后为她吹干头发。妈妈对着镜子笑了笑。

女儿把妈妈的头发分成几部分，仔细给每个部分抹上精油，还按摩了头皮。妈妈叹了口气，靠在女儿的肚子上。

"你知道吗，妈妈？"女儿开始说，"埃迪打电话告诉我他要迟到了。"

"哦，不要这样！"妈妈说。

"但他不想让你担心。他想告诉你，我能把你照顾得很好。他说：'在我来之前，你先好好照顾她，女儿。'"

"女儿？"

"没错，妈妈。是我，女儿。"

"埃迪还说了什么？"

"他说：'请你告诉她，我会来的，我会来照顾她的。'我说：'好的，先生。我会告诉她的。'"

"你一直都是个很有礼貌的女孩。"妈妈说。

WHEN EDDIE LEVERT COMES　当埃迪·勒韦尔来时

她伸手拍了拍女儿的手。

"你还记得我吗，妈妈？"

"我当然记得！"

女儿泪流满面，却也忍不住笑了。她不知道妈妈是否真的还记得她。但妈妈愿意让她相信自己还记得她，那就足够了。

她按摩着妈妈的头皮。"这样舒服吗？"

"嗯，嗯。"妈妈一遍又一遍地回答，直到她的话变成了低吟，女儿无法辨清她在唱些什么。

女儿看着镜子里的两人，虽然一个肤色深，一个肤色浅，但两人都长着一样的圆脸和棕色大眼睛。妈妈的头皮仍然苍白，但随着时间的推移，她其他部分的皮肤已经变黑了。如今她依旧身轻如燕，如果她还执着于此，她也许会大肆炫耀一番。

"妈妈，很久以前，你对我很严厉。真的很严厉。我不知道你是否还记得这些。有时我希望你还能记得这些事，因为我无法忘记。如果你还记得，我希望你能道歉，或者至少承认……"

她们的私生活

妈妈还在低声哼着什么。然后她说:"你知道当埃迪唱到他有过很多爱人的时候,我就是其中之一。"妈妈戳了戳自己的胸口。"我,一个年轻的无名小卒。"妈妈自嘲地笑了笑,"埃迪爱过我,就在那一晚。"

"你不是无名小卒,妈妈。"

"哦?是吗?那我是谁?"妈妈的声音突然变得清晰,把女儿吓了一跳。就好像有什么人闯了进来。

"你是……一个不能满足我的需要的人。但你不是无关紧要的人。"

"是吗?"

"是啊。"

女儿把妈妈的头发编成一条辫子。然后,她在床上放了一条新的绿松石色吊带裙,让妈妈穿上。

"我出去,你把衣服换上。我回来的时候,会给你带来午餐。"

"那太好了。"妈妈说,"我得为埃迪的到来做好准备。就是今天。"

当女儿端着妈妈的午餐回来时,妈妈正坐在躺椅上,

WHEN EDDIE LEVERT COMES　当埃迪·勒韦尔来时

双手摩挲着吊带裙，微笑着。"我看起来很漂亮。"她说。

"是的，你很漂亮。"女儿说。她把午餐托盘放在妈妈腿上。

妈妈拿起装着三明治的托盘一旁的拍立得照片。她盯着它看了一会儿，然后放下了，拿起她的三明治。

女儿叹了口气，开始播放她在手机上选好的歌曲。当欧杰斯乐队《永远属于我》的前奏在屋子里响起时，她期待着妈妈能想起点什么，一个微笑或什么都好。但是妈妈什么反应都没有。甚至当埃迪在第三节中开唱时，妈妈似乎也没有意识到这与她之前提到的那首歌是同一首歌。歌曲继续播放着，女儿甚至不知道妈妈是否在听。妈妈吃完了三明治和水果沙拉，拍立得照片被忘在一边。

然后，当埃迪在歌曲中开始恳求他的爱人留下来时，妈妈拿起了照片开始和他一起唱，她的声音坚定而有力。

ACKNOW-
LEDGMENTS

致谢

这本短篇小说集是我历经多年波折的心血之作，在此我向陪我一路走来的所有人致谢。感谢你们给予我的爱、友情、支持、鼓舞人心的话语、建议、美食、深夜里与我的谈笑、技术层面的帮助、反馈、闲暇时的舞蹈，以及对我和我的故事所抱有的坚定信念。感谢克里斯·艾维、泰瑞斯·科尔曼、弗兰·埃德蒙兹、艾伦·埃德蒙兹、蕾妮·西姆斯、贝西·伊克皮、费丝·阿黛尔、朗奈·奥尼尔、斯坦利·洛芙·泰特，詹姆斯·伯纳德·肖特、戴安娜·维加、哈利亚·威廉姆斯、丹妮尔·埃文斯、大卫·海恩斯与金宝利中心非裔美籍小说组织的所有成员、特蕾莎·弗莱、艾莉亚·托马斯、梅兰妮·迪翁、

她们的私生活

亚当·斯迈尔、德马奎斯·克拉克博士、达蒙·杨、查尼尔·因凡特·路易斯玛、道格·安东尼、托尼·伯勒斯、韦德·卡佛、夸克·普莱彻、伊恩·斯波尔丁、哈里·韦弗三世、丹尼尔·亨利、艾莉森·金尼、马克·塞奎拉、麦克斯韦·格兰特牧师、博马尼·琼斯、马特·约翰逊、安珀·埃德蒙兹、雷内尔·卡灵顿、托亚·史密斯、塞莱斯特·史密斯、伯纳黛特·亚当斯·戴维斯、斯瓦蒂·库拉纳、梅雷迪思·德里斯科尔、卡罗琳·埃德加、劳伦斯·瓦格纳和塞古·坎贝尔。

由衷地感谢德里克·克里索夫、萨拉·乔治、杰里米·王－艾弗森、莎拉·门罗、夏洛特·维斯特以及西弗吉尼亚大学出版社的整个团队对这本书的鼎力支持和关心。

长期以来陪伴着我的挚友们：塔玛拉·温弗瑞·哈里斯、优娜·哈维、塔内希亚·纳什·莱尔德、丽贝卡·卢索洛、吉尼·马普斯和伊萨·马斯（我的西莉！）。是你们的爱成就了我。谢谢你们，我爱你们！

我善于反思的读者们、一直为我加油打气的啦啦队队

ACKNOWLEDGMENTS　致谢

员和亲爱的朋友们：布赖恩·布鲁姆、阿莎·拉詹、阿比尔·霍克、咪咪·沃特金斯、乔治·凯文·乔丹、萨曼莎·厄比和凯斯·莱蒙。我要特别感谢你们，我爱你们！

丹尼斯·诺里斯二世，感谢您的友谊以及您提供的茶点，感谢您对本书中的第一个故事《欧拉》的喜爱，感谢您刊登了这个故事。

还要感谢《切特河评论》、《巴尔的摩评论》和《酒桶酒店杂志》的编辑们刊登了本书中一些故事先前的版本。

感谢安塞尔·埃尔金斯的《夏娃自传》。这首诗是我宝贵的财富。

我感激凡妮莎·吉尔曼给予我的无数礼物、宠爱和鼓励。是你让这个世界变得更加美好。

感谢你们的爱和欢笑：蒂凡尼·登特博士、德松·佩里、卡罗琳·斯特朗博士和拉塔莎·斯特迪文特博士。

感谢我杰出的经纪人丹妮尔·奇奥蒂。是你首次构想了这一短篇小说集，并指引我一步步迈向终点。

感谢我了不起的导师和朋友：劳拉·萨博－科恩和托尼·诺曼。我们相识了二十多年，真是一段漫长的岁

她们的私生活

月啊……

致我的姐妹们——唐内特、沙劳恩、蒂芙尼和费利西亚——我们的故事才刚刚开始。

谢谢你们,泰勒和佩顿,感谢你们的耐心,谢谢你们为我感到骄傲。我爱你们!

最后,我要感谢我的妈妈和外祖母,是你们多年来一直送我去教堂和主日学校。我每天都在想你们。

THE SECRET LIVES OF CHURCH LADIES
Copyright © 2020 by Deesha Philyaw
Published in arrangement with The Fielding Agency, LLC through The Grayhawk Agency Ltd.

© 中南博集天卷文化传媒有限公司。本书版权受法律保护。未经权利人许可，任何人不得以任何方式使用本书包括正文、插图、封面、版式等任何部分内容，违者将受到法律制裁。

著作权合同登记号：图字 18-2023-001

图书在版编目（CIP）数据

她们的私生活 /（美）迪莎·菲利亚夫（Deesha Philyaw）著；凌晨译. —— 长沙：湖南文艺出版社，2023.9
书名原文：The Secret Lives of Church Ladies
ISBN 978-7-5726-1270-1

Ⅰ. ①她… Ⅱ. ①迪… ②凌… Ⅲ. ①长篇小说—美国—现代 Ⅳ. ① I712.45

中国国家版本馆 CIP 数据核字（2023）第 145137 号

上架建议：外国文学

TAMEN DE SISHENGHUO
她们的私生活

著　　者：[美]迪莎·菲利亚夫（Deesha Philyaw）
译　　者：凌晨
出 版 人：陈新文
责任编辑：匡杨乐
监　　制：毛闽峰
策划编辑：肖雅馨
特约编辑：朱东冬
营销编辑：刘珣　焦亚楠
版权支持：张雪珂
封面设计：潘雪琴
封面插画：白木 Cicy-J
版式设计：梁秋晨
出　　版：湖南文艺出版社
　　　　　（长沙市雨花区东二环一段 508 号　邮编：410014）
网　　址：www.hnwy.net
印　　刷：三河市百盛印装有限公司
经　　销：新华书店
开　　本：775mm×1120mm　1/32
字　　数：121 千字
印　　张：7.75
版　　次：2023 年 9 月第 1 版
印　　次：2023 年 9 月第 1 次印刷
书　　号：ISBN 978-7-5726-1270-1
定　　价：48.00 元

若有质量问题，请致电质量监督电话：010-59096394
团购电话：010-59320018